U0065264

【九宮格速記本】目錄

【九宮格速記本】使用說明

1. 一個九宮格一組，以「發音」分組，以「顏色」分類！

漢字發音　　單詞意義

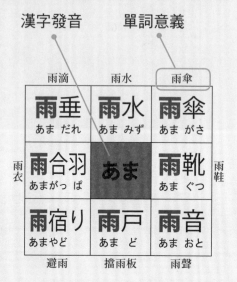

2. 發音相同，但「字」的位置不同，就用不同顏色，分兩組。

"雨"在詞首　　　　　　　　　　"雨"在詞尾

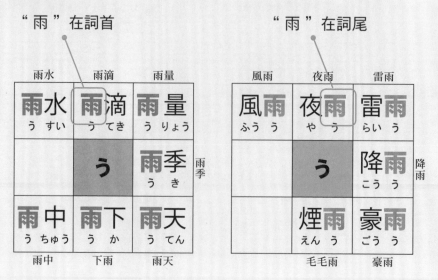

3. 順時針唸一圈，重要字詞都熟記！

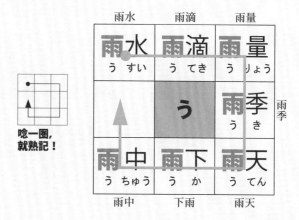

雨水 · 雨滴 · 雨量

雨水 うすい	雨滴 うてき	雨量 う りょう
	う	雨季 う き
雨中 うちゅう	雨下 うか	雨天 うてん

雨季

雨中 · 下雨 · 雨天

唸一圈，
就熟記！

4. 空格：留給你填入新的字詞。

新字詞筆記空格

春雨 · 小雨

春雨 はる さめ	小雨 こ さめ
さめ	冰雨 ひ さめ
	霧雨 きり さめ

冰雨

毛毛雨

5. 簡易九宮格：

如果該類發音的詞彙少，就以「簡易九宮格」呈現。突顯「少量發音務必熟記」的重要性。

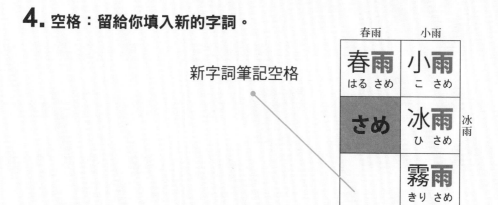

雨 · 下雨

雨 あめ	雨降り あめ ふ
あめ	

大雨

大雨 おおあめ	
あめ	

● **面白い**映画がありますが、一緒に見に行きませんか。

● 筋トレのあと、**蛋白質**を多く取れば、効果が出ます。

● **告白**したとき、緊張して頭の中が**真っ白**になりました。

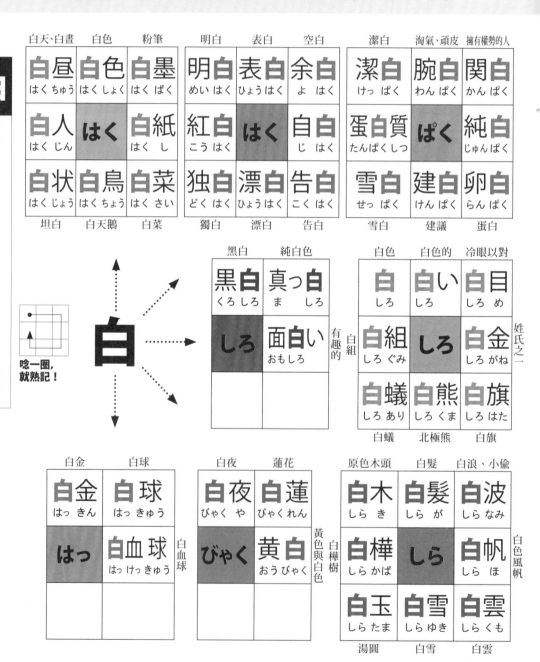

白

可參照學習書 P012

04

唸一圈，就熟記！

白天、白晝	白色	粉筆	明白	表白	空白	潔白	淘氣、頑皮	擁有權勢的人
白昼 はくちゅう	白色 はくしょく	白墨 はくばく	明白 めいはく	表白 ひょうはく	余白 よはく	潔白 けっぱく	腕白 わんぱく	関白 かんぱく
白人 はくじん	はく	白紙 はくし	紅白 こうはく	はく	自白 じはく	蛋白質 たんぱくしつ	ぱく	純白 じゅんぱく
白状 はくじょう	白鳥 はくちょう	白菜 はくさい	独白 どくはく	漂白 ひょうはく	告白 こくはく	雪白 せっぱく	建白 けんぱく	卵白 らんぱく
坦白	白天鵝	白菜	獨白	漂白	告白	雪白	建議	蛋白

黑白	純白色
黒白 くろしろ	真っ白 ま しろ
しろ	面白い おもしろ

有趣的

白色	白色的	冷眼以對
白 しろ	白い しろ	白目 しろめ
白組 しろぐみ	しろ	白金 しろがね
白蟻 しろあり	白熊 しろくま	白旗 しろはた
白蟻	北極熊	白旗

白組

姓氏之一

白金	白球
白金 はっきん	白球 はっきゅう
はっ	白血球 はっけっきゅう

白血球

白夜	蓮花
白夜 びゃくや	白蓮 びゃくれん
びゃく	黄白 おうびゃく

黃色與白色

原色木頭	白髮	白浪、小偷
白木 しらき	白髪 しらが	白波 しらなみ
白樺 しらかば	しら	白帆 しらほ
白玉 しらたま	白雪 しらゆき	白雲 しらくも
湯圓	白雪	白雲

白樺樹

白色風帆

- 私（わたし）は水泳（すいえい）の中（なか）で**平泳（ひらおよ）ぎ**がいちばん得意（とくい）です。
- スポーツでは**公平（こうへい）**な審査（しんさ）が求（もと）められます。
- 最近（さいきん）のノートパソコンの**平均（へいきん）**価格（かかく）は１０万円（じゅうまんえん）くらいです。

冷靜、不在乎	正常的一年	平面
平気　へいき	平年　へいねん	平面　へいめん
平易　へいい	へい	平均　へいきん
平行　へいこう	平和　へいわ	平衡　へいこう
平行	和平	平衡

淺顯易懂（左側）　平均 平常（右側）

平時	平穩	平凡
平時　へいじ	平穩　へいおん	平凡　へいぼん
平常　へいじょう	へい	平服　へいふく
平日　へいじつ	平温　へいおん	平静　へいせい
平常、非假日	平均溫度	平静

便服（右側）

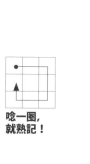

唸一圈，就熟記！

平

不平	水平
不平　ふへい	水平　すいへい
へい	公平　こうへい

公平（右側）

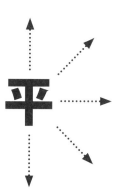

平坦	平息
平ら　たい	平らげる　たい
たい	

平等
平等　びょうどう
びょう

張開的手掌	低頭道歉	平放
平手　ひらて	平謝り　ひらあやま	平積み　ひらづ
平地　ひらち	ひら	平仮名　ひらがな
平屋　ひらや	平たい　ひら	平泳ぎ　ひらおよ
平房	平坦、扁平	蛙泳

平地（左側）　平假名（右側）

- すみませんが、今週の**木曜日**は用事があります。
- わたしは環境保護のために、**木**の割り箸を使いません。
- この服は**木綿**100パーセントでできています。

木

木馬	木材	木星
木馬 もく ば	木材 もく ざい	木星 もく せい
木曜日 もく よう び 星期四	もく	木製 もく せい
木目 もく め	木炭 もく たん	木造 もく ぞう
木紋	木炭	木造

木製

樹木	樵夫	柵門
木 き	木こり き	木戸 き ど
	き	木彫り き ぼ
	木場 き ば	木曽川 き そ がわ
	木材堆積場	河川名稱

木雕

唸一圏,
就熟記!

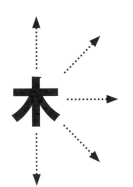

庭園樹木	草木
庭木 にわ き	草木 くさ き
き	

木工	木琴
木工 もっ こう	木琴 もっ きん
もっ	

樹蔭	樹叢
木陰 こ かげ	木立 こ だち
こ	木の葉 こ は 樹葉

木劍	樹木與石頭
木刀 ぼく とう	木石 ぼく せき
ぼく	大木 たい ぼく 大樹
	土木 ど ぼく

土木

特殊發音 **木綿**（棉花）
もめん

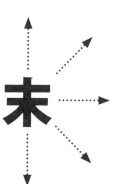

- こんな**粗末**な物ですが、受け取ってください。
  （もの／う・と）
- 一般的に、**末っ子**は甘えん坊です。
  （いっぱんてき／あま・ぼう）
- **期末**レポートは今月**末日**までに提 出 してください。
  （こんげつ／ていしゅつ）

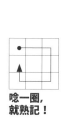

唸一圈、就熟記！

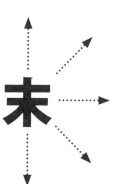

路的盡頭、晚年	臨終前	最後一天
末路 まつろ	末期 まつご	末日 まつじつ
	まつ	末尾 まつび
末座 まつざ	末葉 まつよう	末代 まつだい
地位較低者的座位	末期、後裔	末代

（結尾／期末）

週末	年底	月底
週末 しゅうまつ	年末 ねんまつ	月末 げつまつ
期末 きまつ	まつ	粗末 そまつ
結末 けつまつ	端末 たんまつ	始末 しまつ
結局	終端機	處理

（粗糙、簡陋）

末期	支派、別派	末梢
末期 まっき	末派 まっぱ	末梢 まっしょう
末節 まっせつ	まっ	末子 まっし
末席 まっせき	末端 まったん	末輩 まっぱい
地位低者的座位	末端	晚輩

（末節／老么）

郊外	前途、未來
場末 ばすえ	行末 ゆくすえ
すえ	

之後、結果、末端	日本扇子	老么
末 すえ	末広 すえひろ	末っ子 すえこ
すえ		末末 すえずえ

（將來、子孫）

● 本を読む時、まず最初に**目次**を見ます。
（ほん）（よ）（とき）（さいしょ）（み）

● わたしはタバコをぽい捨てしている男性を**目撃**しました。
（す）（だんせい）

● ちょっと**目**が疲れたので、**目薬**を貸してください。
（つか）（か）

目

可參照學習書 P020

08

第一組

目次	目標	目的
目次 もく じ	目標 もく ひょう	目的 もく てき
目前 もく ぜん	**もく**	目測 もく そく
目途 もく と	目撃 もく げき	目録 もく ろく
目的、目標	目撃	目錄

眼前、當下（目前左側）／題目 目測（中間右側）

第二組

項目	注目	名目
項目 こう もく	注目 ちゅう もく	名目 めい もく
題目 だい もく	**もく**	課目 か もく
一目 いち もく	衆目 しゅう もく	人目 じん もく
一隻眼、乍看之下	眾人的評價	他人目光

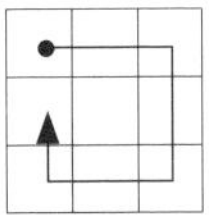

科目（右側）

唸一圈，就熟記！

目

第三組

兩眼之間	耀眼的	眼神
目交い ま なか	目映い ま ばゆ	目見 ま み
	ま	目深 ま ぶか
		目頭 ま がしら
	眼頭	

帽子壓很低（目深右側）

第四組

布紋	眼白、冷眼以對	他人目光
布目 ぬの め	白目 しろ め	人目 ひと め
真面目 ま じ め	**め**	二目 ふた め
二言目 ふた こと め	継目 つぎ め	役目 やく め
口頭禪	繼承人	職責、任務

認真（真面目左側）／再看一遍（二目右側）

第五組

眼睛	顯眼	眼藥水
目 め	目立つ め だ	目薬 め ぐすり
目玉焼き め だま や	**め**	目印 め じるし
目覚し時計 め ざま ど けい	目指す め ざ	目上 め うえ
鬧鐘	以…為目標	上司、長輩

荷包蛋（目玉焼き左側）／記號（目印右側）

● **名刺**交換はビジネスマナーの一つです。

● 選挙は**匿名**で投 票 します。

● **名残惜しい**ですが、そろそろ家に帰ります。

名畫	名片	名人
名画 めいが	名刺 めいし	名人 めいじん
名医 めいい	めい	名作 めいさく
名物 めいぶつ	名詞 めいし	名産 めいさん
名産	名詞	名産

名醫（左） / 名作・數名（右）

人名	曲名	姓名
人名 じんめい	曲名 きょくめい	姓名 せいめい
数名 すうめい	めい	匿名 とくめい
題名 だいめい	俗名 ぞくめい	筆名 ひつめい
標題	俗稱	筆名

匿名（右）

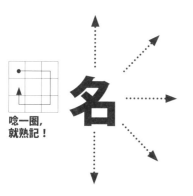

唸一圈，
就熟記！

名字	命名	名牌
名前 なまえ	名付け なづ	名札 なふだ
名宛 なあて	な	名古屋 なごや
名乗る なの	名残り惜しい なごお	名高い なだか
自稱	依依不捨	有名、著名

收信人（左） / 名古屋（右）

不好的評價	別名
悪名 あくみょう	異名 いみょう
みょう	本名 ほんみょう
	功名 こうみょう
	功名

本名（右）

姓氏	有名、著名
名字 みょうじ	名代 みょうだい
みょう	

名、名字	日文假名
名 な	仮名 かな
な	通り名 とおな

通稱（右）

- 本は**明るい**場所で読みましょう。
- **明日**から**明後日**にかけて雨が降るでしょう。
- **明日**休む理由を**明確**に**説明**してください。

明

可參照學習書 P024

10

明暗	簡單明確	明治天皇在位時期		文明	解釋清楚	透明
明暗 めい あん	明快 めい かい	明治 めい じ		文明 ぶん めい	解明 かい めい	透明 とう めい
明知 めい ち	めい	明確 めい かく		発明 はつ めい	めい	証明 しょう めい
明白 めい はく	明細 めい さい	明記 めい き		説明 せつ めい	未明 み めい	照明 しょう めい
明白	明細	寫清楚		說明	天色未全亮	照明

明智 / 明確 / 發明 / 證明

唸一圈，就熟記！

明

明亮、明顯		後天	明天晚上	明天
明らか あき		明後日 みょう ご にち	明晩 みょう ばん	明日 みょう にち
あき		光明 こう みょう	みょう	明星 みょう じょう
		分明 ふん みょう	明年 みょう ねん	明朝 みょう ちょう
		分明	明年	明天早上

明星

明亮的	光亮	光、燈	天亮、新年	開、空
明るい あか	明るさ あか	明かり あ	明ける あ	明く あ
あか	明るむ あか		あ	明き あ
明るみ おか	明らむ あか	明け方 あ がた	明かす あ	明くる あ
明亮的地方	天亮	黎明	解釋、證明	下一個

發亮、快活 / 空隙、空缺

(特殊發音) **明日**（明天） ・ **明日**（明天） ・ **明後日**（後天） ・ **夜明け**（黎明、天亮）

あす ／ あした ／ あさって ／ よあ

● この 美しい**反物**は 京都で買いました。

● 彼とはどうも、**反り**が合いません。

● トイレのドアをノックしましたが、**反応**はありませんでした。

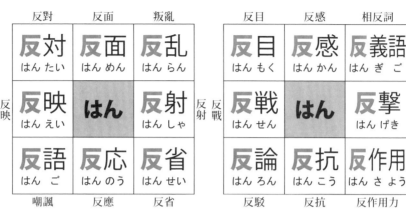

反對	反面	叛亂
反対 はん たい	反面 はん めん	反乱 はん らん
反映 はん えい	はん	反射 はん しゃ
反語 はん ご	反応 はん のう	反省 はん せい

反映 （左）　嘲諷　反應　反省 （下）

反目	反感	相反詞
反目 はん もく	反感 はん かん	反義語 はん ぎ ご
反戦 はん せん	はん	反撃 はん げき
反論 はん ろん	反抗 はん こう	反作用 はん さ よう

反射　反戦 （左）　反撃 （右）　反駁　反抗　反作用力 （下）

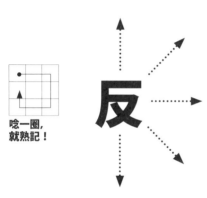

唸一圈，
就熟記！

叛離	造反
離反 り はん	造反 ぞう はん
はん	違反 い はん
	相反 そう はん

違反 （右）　相反 （下）

綢緞、布匹	
反物 たん もの	
たん	

翻過來	翻、顛倒
反す かえ	反る かえ
かえ	

翹、後彎	彎曲、性格	把…弄彎
反る そ	反り そ	反らす そ
	そ	反り橋 そ はし
	反っ歯 そ ぱ	反り身 そ み

拱橋 （右）

暴牙　後仰 （下）

● クレジットカードは**分割**払_{ばら}いができます。

● あなたが言_いいたいことは**十分分**かりました。

● 運動_{うんどう}をするときは**十分**に**水分**を補 給_{ほきゅう}しましょう。

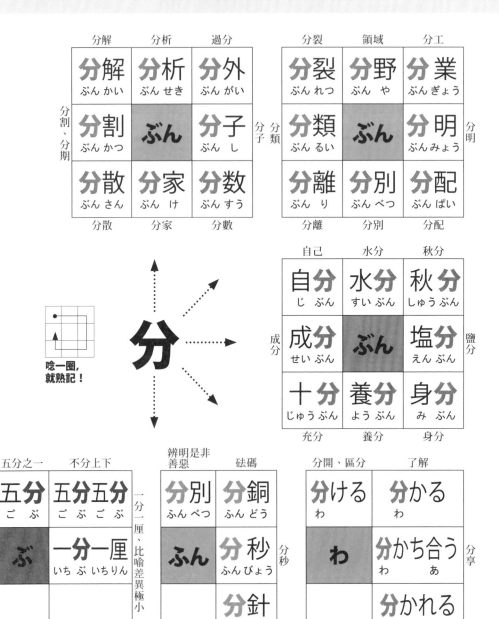

分解	分析	過分
分解 ぶんかい	分析 ぶんせき	分外 ぶんがい
分割 ぶんかつ	ぶん	分子 ぶんし
分散 ぶんさん	分家 ぶんけ	分数 ぶんすう
分散	分家	分數

分割、分期　分子　分類　分明

分裂	領域	分工
分裂 ぶんれつ	分野 ぶんや	分業 ぶんぎょう
分類 ぶんるい	ぶん	分明 ぶんみょう
分離 ぶんり	分別 ぶんべつ	分配 ぶんぱい
分離	分別	分配

分

唸一圈，就熟記！

自己	水分	秋分
自分 じぶん	水分 すいぶん	秋分 しゅうぶん
成分 せいぶん	ぶん	塩分 えんぶん
十分 じゅうぶん	養分 ようぶん	身分 みぶん
充分	養分	身分

成分　　鹽分

五分之一	不分上下	
五分 ごぶ	五分五分 ごぶごぶ	一分一厘、比喻差異極小
ぶ	一分一厘 いちぶ いちりん	

辨明是非善惡	砝碼	
分別 ふんべつ	分銅 ふんどう	
ふん	分秒 ふんびょう	分秒
	分針 ふんしん	
	分針	

分開、區分	了解	
分ける わ	分かる わ	
わ	分かち合う わ あ	分享
	分かれる わ	
	分離、離別	

● **古風**な人は、今でもペンと紙で手紙を書きます。
（ひと）（いま）（かみ）（てがみ）（か）

● 寒いので、**風邪**を引かないように気をつけてください。
（さむ）（ひ）（き）

● わたしたちの町は**台風**の**暴風**域に入りました。
（まち）（いき）（はい）

潮流	風俗習慣	風景	氣球	風土	特有風景	爆破的強風	威風	古色古香、作風傳統
風潮 ふうちょう	風習 ふうしゅう	風景 ふうけい	風船 ふうせん	風土 ふう ど	風物 ふう ぶつ	爆風 ばく ふう	威風 い ふう	古風 こ ふう
風光 ふうこう	ふう	風雨 ふう う	風味 ふう み	ふう	風力 ふうりょく		ふう	痛風 つう ふう
風格 ふうかく	風俗 ふうぞく	風速 ふうそく	風貌 ふうぼう	風評 ふうひょう	風向 ふうこう	暴風 ぼう ふう	台風 たいふう	強風 きょうふう
風格	風俗	風速	風貌	風評	風向	暴風	颱風	強風

痛風

唸一圈，就熟記！

風

春風	秋風	北風	風、潮流	防風
春風 はる かぜ	秋風 あき かぜ	北風 きた かぜ	風 かぜ	風除け かぜ よ
	かぜ	南風 みなみ かぜ	かぜ	風通し かぜとお
追い風 お かぜ	横風 よこ かぜ	夕風 ゆう かぜ		風当たり かぜ あ
順風	側風	晩風		風勢、招風

南風

通風

浴池	浴室	南風	強風	風車	風向器	迎風
風呂 ふ ろ	風呂場 ふろ ば	南風 なん ぷう	疾風 しっ ぷう	風車 かざぐるま	風見 かざ み	風上 かざ かみ
ふ	風情 ふ ぜい	ぷう	民風 みん ぷう		かざ	風穴 かざ あな
			春風 しゅんぷう	風向き かざ む	風花 かざ ばな	風下 かざ しも

風趣

民風

通風口

| 春風 | 風向、情勢 | 飄雪 | 背風 |

(特殊發音) **風邪**（感冒）
（かぜ）

● 今夜は**大体**１０時くらいにうちに帰ります。
● 熱があるのに、外出しても**大丈夫**ですか。
● もし、道に**大金**が落ちていたら、拾いますか。

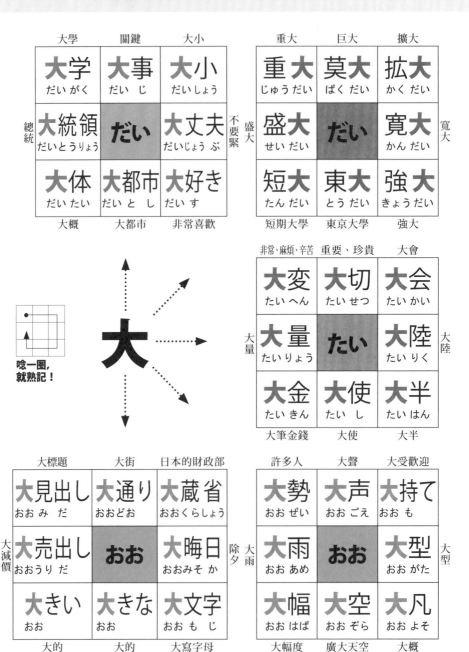

だい

大學	關鍵	大小
大学 だいがく	大事 だいじ	大小 だいしょう
大統領 だいとうりょう	だい	大丈夫 だいじょうぶ
大体 だいたい	大都市 だいとし	大好き だいす
大概	大都市	非常喜歡

總統（左）／不要緊（右）

重大	巨大	擴大
重大 じゅうだい	莫大 ばくだい	拡大 かくだい
盛大 せいだい	だい	寛大 かんだい
短大 たんだい	東大 とうだい	強大 きょうだい
短期大學	東京大學	強大

盛大（左）／寬大（右）

唸一圈，就熟記！

たい

非常、麻煩、辛苦	重要、珍貴	大會
大変 たいへん	大切 たいせつ	大会 たいかい
大量 たいりょう	たい	大陸 たいりく
大金 たいきん	大使 たいし	大半 たいはん
大筆金錢	大使	大半

大量（左）／大陸（右）

おお

大標題	大街	日本的財政部
大見出し おおみだ	大通り おおどお	大蔵省 おおくらしょう
大売出し おおうりだ	おお	大晦日 おおみそか
大きい おお	大きな おお	大文字 おおもじ
大的	大的	大寫字母

大減價（左）／除夕（右）

おお

許多人	大聲	大受歡迎
大勢 おおぜい	大声 おおごえ	大持て おおも
大雨 おおあめ	おお	大型 おおがた
大幅 おおはば	大空 おおぞら	大凡 おおよそ
大幅度	廣大天空	大概

大雨（左）／大型（右）

特殊發音 大和（日本舊稱）やまと

● 試験に合格するための**近道**はありません。
（しけん・ごうかく）

● わたしは 将来、**報道**関係の仕事をしたいです。
（しょうらい・かんけい・しごと）

● わかりやすく、**筋道**を立てて説明してください。
（た・せつめい）

道徳	旅途中	道理
道徳 どうとく	道中 どうちゅう	道理 どうり
道場 どうじょう	どう	道具 どうぐ
道路 どうろ	道教 どうきょう	道楽 どうらく

道場（左）　道導・道具（右）

道路　道教　愛好、樂趣

剣道	柔道	呼吸道
剣道 けんどう	柔道 じゅうどう	気道 きどう
報道 ほうどう	どう	王道 おうどう
歩道 ほどう	林道 りんどう	街道 かいどう

報道（左）　君王之道（右）

歩道　森林步道　街道

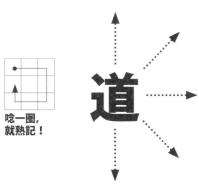

唸一圈，
就熟記！

食道	北海道	鐵路
食道 しょくどう	北海道 ほっかいどう	鉄道 てつどう
人道 じんどう	どう	県道 けんどう
書道 しょどう	車道 しゃどう	国道 こくどう

人道（左）　縣道（右）

書法　車道　國道

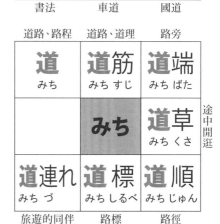

神道教	
神道 しんとう	
とう	

坂道	條理、順序
坂道 さかみち	筋道 すじみち
みち	二道 ふたみち
裏道 うらみち	近道 ちかみち

岔路

後門、小道　捷徑

道路、路程	道路、道理	路旁
道 みち	道筋 みちすじ	道端 みちばた
	みち	道草 みちくさ
道連れ みちづ	道標 みちしるべ	道順 みちじゅん

途中開逛

旅遊的同伴　路標　路徑

● この本は日本語を勉強する人の**必読**書です。
　しょうせつ　　　　あと　　　　　　　　かんそうぶん　か
● 小説を**読んだ**後、**読後**の感想文を書きました。
　す　がくせい　　　　もんだい　とくい
● **読書**が好きな学生は**読解**問題が得意です。

唸一圈，
就熟記！

閱讀	讀者	讀完
読書 どく しょ	読者 どく しゃ	読破 どく は
	どく	読後 どく ご

讀後　閱讀

熟讀	必讀	朗讀
熟 読 じゅく どく	必 読 ひつ どく	朗 読 ろう どく
閲 読 えつ どく	どく	精 読 せい どく
判 読 はん どく	訓 読 くん どく	音 読 おん どく

仔細閱讀

解讀　訓讀發音　音讀發音

読

讀物	日本古代讀報人	唸法
読み物 よ　もの	読み売 よ　うり	読み方 よ　かた
	よ	読み手 よ　て
音読み おん よ	訓読み くん よ	読む よ

讀者

訓讀發音　音讀發音　讀、閱讀

課本、教科書	
読本 とく ほん	
とく	

讀解	念經
読解 どっ かい	読 経 どっ きょう
どっ	

古代僧官	逗點
読師 とう し	読点 とう てん
とう	句 読 く　とう

標點符號

● 遠足は雨天決行ですから、傘を持ってきてください。

● 七夕の夜、天の川で織姫と彦星が出会います。

● おじいちゃんは天国でわたしたちを見守っています。

天地	天然	天國
天地 てんち	天然 てんねん	天国 てんごく
天才 てんさい	てん	天下 てんか
天災 てんさい	天皇 てんのう	天理 てんり
天災	天皇	天理

（左側：天才、天下）

天候	天敵	天堂
天候 てんこう	天敵 てんてき	天堂 てんどう
天使 てんし	てん	天気 てんき
天生 てんせい	天意 てんい	天井 てんじょう
天生	天意	天花板

（左側：天使、右側：天氣）

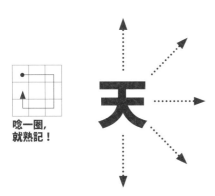

唸一圈，就熟記！

天

雨天	陰天	比喩驚天動地
雨天 うてん	曇天 どんてん	動天 どうてん
楽天 らくてん	てん	仰天 ぎょうてん
半天 はんてん	炎天 えんてん	露天 ろてん
半天	大熱天	露天

（右側：比喩受到驚嚇）

銀河	銀河	下凡、指派
天の川 あまがわ	天の河 あまがわ	天下り あまくだ
	あま	天雲 あまぐも
	天降る あまくだ	天降り あまくだ
	從天而降、強迫、命令	下凡、指派

（右側：雲朵）

冷天、石花菜	晴天	全天
寒天 かんてん	晴天 せいてん	全天 ぜんてん
	てん	沖天 ちゅうてん
	先天 せんてん	後天 こうてん
	先天	後天

（右側：比喩氣勢驚人）

- **立体**の３Ｄ映画は迫力がありました。
- 犬は舌を出して**体温**を調節します。
- わたしの彼は**体格**がよくて、**体力**もあります。

体

體格	體型	體內
体格 たいかく	体型 たいけい	体内 たいない
体験 たいけん	たい	体臭 たいしゅう
体力 たいりょく	体育 たいいく	体面 たいめん
體力	體育	面子

體驗（左） 體臭（右）

動物的身長	體質	體積
体長 たいちょう	体質 たいしつ	体積 たいせき
体制 たいせい	たい	体重 たいじゅう
体系 たいけい	体温 たいおん	体操 たいそう
體系	體溫	體操

體制（左） 體重（右）

唸一圈，
就熟記！

文體	主體	具體的
文体 ぶんたい	主体 しゅたい	具体的 ぐたいてき
弱体 じゃくたい	たい	字体 じたい
胴体 どうたい	敬体 けいたい	重体 じゅうたい
軀體	敬體	病危

虛弱（左） 字體（右）

格式	體態、打扮
体裁 ていさい	風体 ふうてい
てい	

身體	體態、體格
体 からだ	体付き からだつ
からだ	

固體	抗體	人體
固体 こたい	抗体 こうたい	人体 じんたい
団体 だんたい	たい	物体 ぶったい
本体 ほんたい	立体 りったい	全体 ぜんたい
本體、主要部分	立體	全體

團體（左） 物體（右）

● **交通**ルールを守って、安全運転を 心 がけましょう。

● レシピを**一通り**読みましたが、うまく作れません。

● 目が悪くて、針に糸を**通せません**。

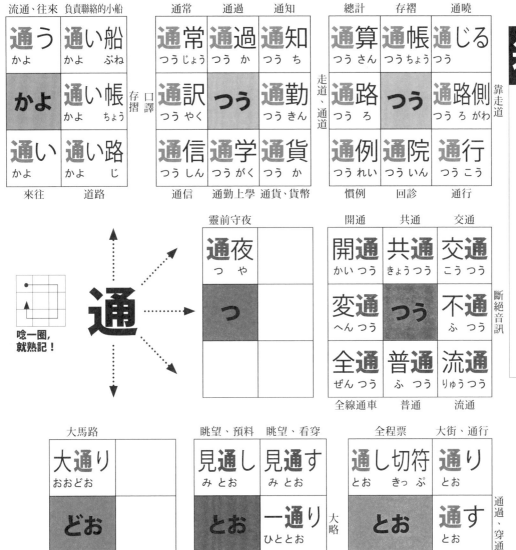

流通、往來	負責聯絡的小船	
通う かよ	通い船 かよ ぶね	
かよ	通い帳 かよ ちょう	存摺 口譯
通い かよ	通い路 かよ じ	

來往　　　道路

通常	通過	通知
通常 つうじょう	通過 つう か	通知 つう ち
通訳 つう やく	つう	通勤 つう きん
通信 つう しん	通学 つう がく	通貨 つう か

通信　通勤上學 通貨、貨幣

總計	存摺	通曉
通算 つう さん	通帳 つうちょう	通じる つう
通路 つう ろ	つう	通路側 つうろ がわ
通例 つう れい	通院 つう いん	通行 つう こう

走道、通道 / 靠走道 / 慣例　回診　通行

唸一圈，就熟記！

通

靈前守夜	
通夜 つ や	
つ	

開通	共通	交通
開通 かい つう	共通 きょうつう	交通 こう つう
変通 へん つう	つう	不通 ふ つう
全通 ぜん つう	普通 ふ つう	流通 りゅうつう

斷絕音訊

全線通車　普通　流通

大馬路	
大通り おおどお	
どお	

眺望、預料	眺望、看穿
見通し み とお	見通す み とお
とお	一通り ひととお

大略

全程票	大街、通行
通し切符 とお きっぷ	通り とお
とお	通す とお
通り雨 とお あめ	通る とお

通過、穿通

陣雨　　通過、實現

- 昨年（さくねん）の忘年会（ぼうねんかい）では、部長（ぶちょう）が乾杯（かんぱい）の**音頭**をとりました。
- 自分（じぶん）の好きなことに**没頭**して研究（けんきゅう）しました。
- 一般的（いっぱんてき）に、**頭痛**と**頭皮**の状態（じょうたい）は関係（かんけい）ありません。

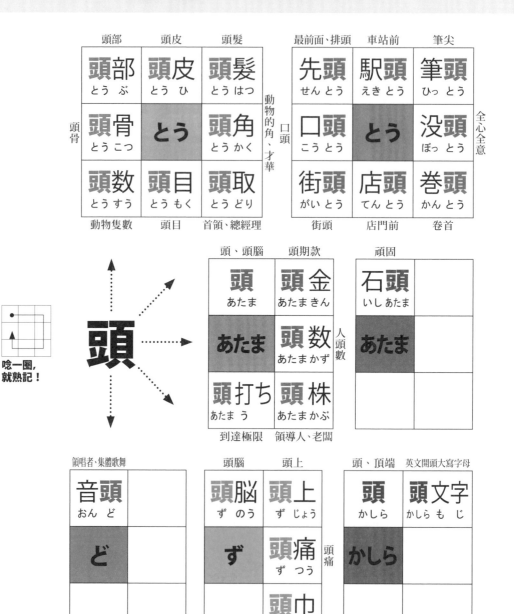

頭部	頭皮	頭髪
頭部 とうぶ	頭皮 とうひ	頭髪 とうはつ
頭骨 とうこつ	とう	頭角 とうかく
頭数 とうすう	頭目 とうもく	頭取 とうどり
動物隻數	頭目	首領、總經理

頭骨 ｜ 動物的角、才華

最前面、排頭	車站前	筆尖
先頭 せんとう	駅頭 えきとう	筆頭 ひっとう
口頭 こうとう	とう	没頭 ぼっとう
街頭 がいとう	店頭 てんとう	巻頭 かんとう
街頭	店門前	卷首

口頭 ｜ 全心全意

唸一圏，就熟記！

頭、頭腦	頭期款
頭 あたま	頭金 あたまきん
あたま	頭数 あたまかず
頭打ち あたまう	頭株 あたまかぶ
到達極限	領導人、老闆

人頭數

頑固	
石頭 いしあたま	
あたま	

領唱者、集體歌舞	
音頭 おんど	
ど	

頭腦	頭上
頭脳 ずのう	頭上 ずじょう
ず	頭痛 ずつう
	頭巾 ずきん
	頭巾

頭痛

頭、頂端	英文開頭大寫字母
頭 かしら	頭文字 かしらもじ
かしら	

- 日本の大物**女優**が台湾に来るそうです。
- わたしの 妹 は**少女**漫画を読むのが大好きです。
- **女子**トイレは 左 手の奥にあります。

可參照學習書 P046

女

女性
女性 じょせい	女湯 じょどう	女傑 じょけつ
女子 じょし	**じょ**	女王 じょおう
女医 じょい	女優 じょゆう	女婿 じょせい

女性　女子澡堂　女中豪傑
女人　　　女王　　　女權
女醫生　　女演員　　女婿

女工 じょこう	女流 じょりゅう	女中 じょちゅう
女権 じょけん	**じょ**	女児 じょじ
女人 じょじん	女装 じょそう	女将 じょしょう

女工　女流　女佣
女生
女人　女装　老闆娘

唸一圈，
就熟記！

女

王女 おうじょ	男女 だんじょ	少女 しょうじょ
幼女 ようじょ	**じょ**	婦女 ふじょ
長女 ちょうじょ	処女 しょじょ	美女 びじょ

公主　男女　少女
小女兒　　　婦女
長女　處女　美女

女房 にょうぼう
にょう

老婆、妻子

女神 めがみ	乙女 おとめ
め	女々しい めめ

女神　少女、處女
娘娘腔

女 おんな	大女 おおおんな	女心 おんなごころ
女の子 おんなこ	**おんな**	女親 おんなおや
女天下 おんなでんか	女好き おんなずき	女運 おんなうん

女人　身材壯碩的女人　女人心
母親
女人當家做主　好女色　桃花運

- 日本の友達が来たので、台北を観光**案内**しました。
  （にほん ともだち き たいぺい かんこう）
- 娘 が一人で旅行に行かせるのは、**内心**、不安です。
  （むすめ ひとり りょこう い ふあん）
- ハッカーのせいで会社の**内部** 情 報が漏れました。
  （かいしゃ じょうほう も）

内

22

内部	内戰	内含
内部 ないぶ	内戦 ないせん	内含 ないがん
内乱 ないらん	ない	内海 ないかい
内容 ないよう	内在 ないざい	内勤 ないきん
内容	内在	辦公室内的工作

内亂 · 内海 内臟 · 内乱

内科	内幕	内閣
内科 ないか	内幕 ないまく	内閣 ないかく
内臓 ないぞう	ない	内緒 ないしょ
内線 ないせん	内政 ないせい	内心 ないしん
内線	内政	内心

祕密

内

唸一圈，就熟記！

室内	公司内部	以内
室内 しつない	社内 しゃない	以内 いない
店内 てんない	ない	案内 あんない
国内 こくない	口内 こうない	体内 たいない
	國内	口腔内部	體内

店内 · 説明、介紹

皇宮舊稱	整個世界
内裏 だいり	宇内 うだい
だい	境内 けいだい

親屬	近日内
身内 みうち	その内 うち
うち	

内幕、内情	暗地、私下	内外
内輪 うちわ	内内 うちうち	内外 うちそと
	うち	内孫 うちまご
内気 うちき	内金 うちきん	内訳 うちわけ
内向	訂金	明細、清單

兒子的子女

- 父は**男**一人でわたしたちを育てました。
- わたしは高校のとき、**男子**校に通っていました。
- この番組に 出 演している**男優**は、みんな**男前**です。

男生	男女	男性
男児 だんじ	男女 だんじょ	男性 だんせい
男子 だんし	だん	男爵 だんしゃく
男根 だんこん	男優 だんゆう	男装 だんそう
陰莖	男演員	男裝

男人（左）／男人・男爵（右）

美男子	男浴池	男人
男前 おとこまえ	男湯 おとこゆ	男の人 おとこ ひと
男 おとこ	おとこ	男の子 おとこ こ
男盛り おとこざか	男心 おとこごころ	男手 おとこで
壯年男子	男人的心理	男工

男人（左）／男孩（右）

唸一圈，就熟記！

男

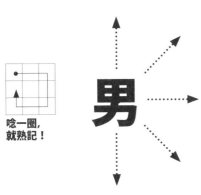

彪形大漢	長工	山裡妖怪
大男 おおおとこ	作男 さくおとこ	山男 やまおとこ
	おとこ	色男 いろおとこ
	独り男 ひと おとこ	優男 やさおとこ
	單身漢	溫柔的男子

好色的男人、美男子、情夫、

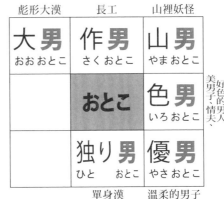

長男	一個男生	二兒子
長男 ちょうなん	一男 いちなん	次男 じなん
	なん	三男 さんなん
		下男 げなん
	男僕	

三兒子

● 彼は２ヶ月間、携帯料金を**滞納**しています。
かれ に かげつかん けいたいりょうきん

● 透明の**収納**ケースに入れれば、便利ですね。
とうめい い べんり

● 市役所の**納税**窓口で税金を払ってください。
しやくしょ まどぐち ぜいきん はら

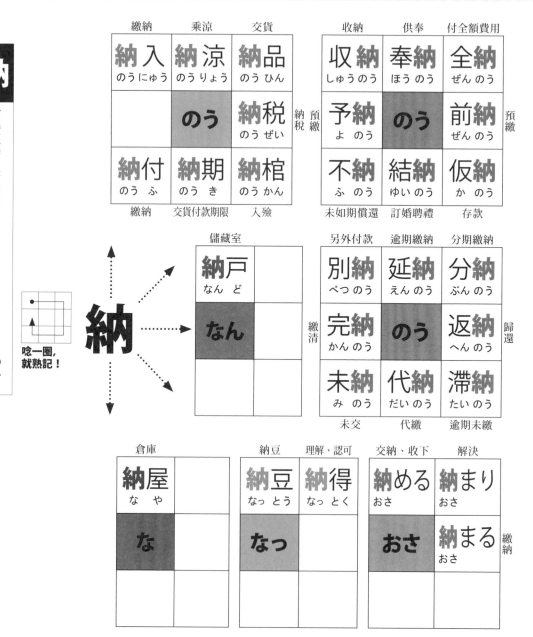

納

可參照學習書 P052

唸一圈，
就熟記！

繳納	乘涼	交貨		收納	供奉	付全額費用
納入 のうにゅう	納涼 のうりょう	納品 のうひん		収納 しゅうのう	奉納 ほうのう	全納 ぜんのう
	のう	納税 のうぜい	納税 預繳	予納 よのう	のう	前納 ぜんのう
納付 のうふ	納期 のうき	納棺 のうかん		不納 ふのう	結納 ゆいのう	仮納 かのう
繳納	交貨付款期限	入殮		未如期償還	訂婚聘禮	存款

儲藏室			另外付款	逾期繳納	分期繳納
納戸 なんど			別納 べつのう	延納 えんのう	分納 ぶんのう
なん		繳清	完納 かんのう	のう	返納 へんのう
			未納 みのう	代納 だいのう	滞納 たいのう
			未交	代繳	逾期未繳

預繳 / 歸還

倉庫		納豆	理解、認可	交納、收下	解決
納屋 なや		納豆 なっとう	納得 なっとく	納める おさ	納まり おさ
な		なっ		おさ	納まる おさ

繳納

● ホテルに泊まるとき、必ず避難経路を確認します。

● 盗難事故が多いですから、注意してください。

● 彼が言うことは難しくて、理解し難いです。

難民	文字不好懂	難題
難民 なんみん	難読 なんどく	難問 なんもん
難関 なんかん	なん	難詰 なんきつ
難病 なんびょう	難点 なんてん	難儀 なんぎ
難治之症	難點、缺點	困難、麻煩

難關（左） 責難（右） 難題（右）

不認同	航行困難	艱澀難懂
難色 なんしょく	難航 なんこう	難解 なんかい
難題 なんだい	なん	難産 なんさん
難波 なんば	難度 なんど	難字 なんじ
大阪地名	難度	筆劃複雜的漢字

難產（右）

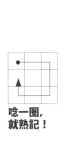

唸一圈，就熟記！

難

困難	責備	責備、譴責
困難 こんなん	非難 ひなん	批難 ひなん
危難 きなん	なん	避難 ひなん
無難 ぶなん	火難 かなん	盗難 とうなん
平安無事	火災	失竊

危難（左） 避難（右）

困難的	愛挑剔的人
難しい むずか	難し屋 むずか や
むずか	

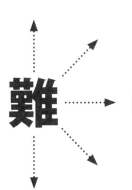

難於…	少有的、感激的
難い がた	有り難い あ がた
がた	

患難	災難	多災多難
患難 かんなん	災難 さいなん	多難 たなん
大難 だいなん	なん	殉難 じゅんなん
苦難 くなん	万難 ばんなん	遭難 そうなん
苦難	各種困難阻	遇難

大難（左） 殉難（右）

● 大学を卒業したら、経済的に**独立**したいです。

● この先は、**立ち入り**禁止です。

● 父と母はけんかをしますが、私は**中立の立場**です。

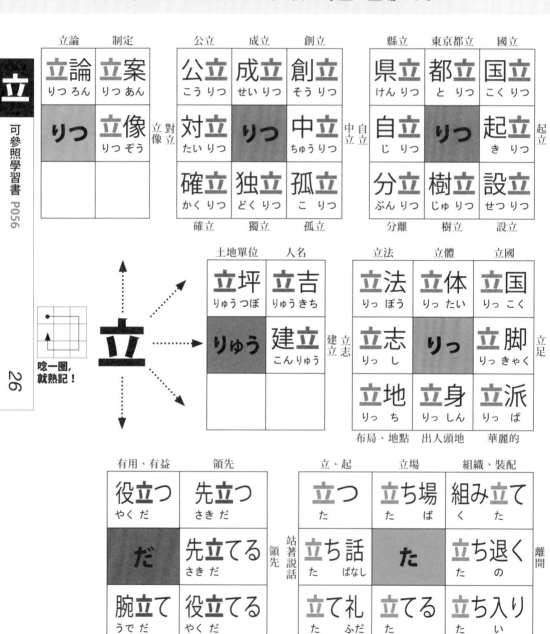

立

唸一圈，就熟記！

立論	制定	
立論 りつ ろん	立案 りつ あん	
りつ	立像 りつ ぞう	立像 對立

公立	成立	創立
公立 こう りつ	成立 せい りつ	創立 そう りつ
対立 たい りつ	りつ	中立 ちゅうりつ
確立 かく りつ	独立 どく りつ	孤立 こ りつ
確立	獨立	孤立

中立 自立

縣立	東京都立	國立
県立 けん りつ	都立 と りつ	国立 こく りつ
自立 じ りつ	りつ	起立 き りつ
分立 ぶん りつ	樹立 じゅりつ	設立 せつりつ
分離	樹立	設立

起立

土地單位	人名	
立坪 りゅうつぼ	立吉 りゅうきち	
りゅう	建立 こん りゅう	建立 立志

立法	立體	立國
立法 りっ ぽう	立体 りっ たい	立国 りっ こく
立志 りっ し	りっ	立脚 りっ きゃく
立地 りっ ち	立身 りっ しん	立派 りっ ぱ
布局、地點	出人頭地	華麗的

立志 立足

有用、有益	領先	
役立つ やく だ	先立つ さき だ	
だ	先立てる さき だ	領先
腕立て うで だ	役立てる やく だ	
展現腕力	能對…有益	

立、起	立場	組織、裝配
立つ た	立ち場 た ば	組み立て く た
立ち話 た ばなし	た	立ち退く た の
立て礼 た ふだ	立てる た	立ち入り た い
告示牌	直立	進入

站著説話 離開

- クリスマスケーキが**出来上がりました**。
- 明日、台 中 で会議がありますが、**来れますか**。
- iPadは**従来**のパソコンとはまったく違います。

あした　たいちゅう　かいぎ
アイパッド　ちが

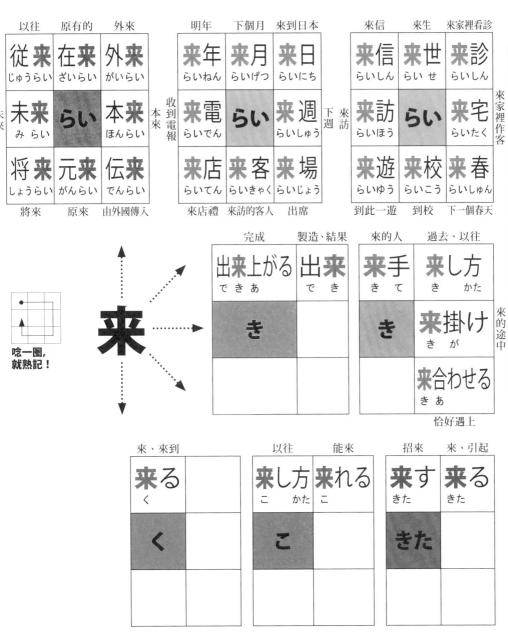

以往	原有的	外來
従来 じゅうらい	在来 ざいらい	外来 がいらい
未来 みらい	らい	本来 ほんらい
将来 しょうらい	元来 がんらい	伝来 でんらい
將來	原來	由外國傳入

未來 本來

明年	下個月	来到日本
来年 らいねん	来月 らいげつ	来日 らいにち
来電 らいでん	らい	来週 らいしゅう
来店 らいてん	来客 らいきゃく	来場 らいじょう
來店禮	來訪的客人	出席

收到電報　下週

来信	来生	来家裡看診
来信 らいしん	来世 らいせ	来診 らいしん
来訪 らいほう	らい	来宅 らいたく
来遊 らいゆう	来校 らいこう	来春 らいしゅん
到此一遊	到校	下一個春天

來信　來生
來訪　來家裡作客

唸一圈，就熟記！

来

完成	製造、結果
出来上がる できあ	出来 でき
き	

來的人	過去、以往
来手 きて	来し方 きかた
き	来掛け きが
	来合わせる きあ

來的途中
恰好遇上

來、來到	
来る く	
く	

以往	能來
来し方 こかた	来れる こ
こ	

招來	來、引起
来す きた	来る きた
きた	

- お茶は熱いですから、**冷まして**飲んでください。
- 牛乳は**冷蔵庫**で**冷やして**ください。
- 彼の**冷たい**態度で、恋は**冷めて**しまいました。

冷

可參照學習書 P060

28

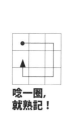

唸一圈，
就熟記！

冷却	冷淡	冷汗
冷却 れいきゃく	冷淡 れいたん	冷汗 れいかん
冷泉 れいせん	れい	冷語 れいご
冷戦 れいせん	冷凍 れいとう	冷静 れいせい

冷泉（左）・冷淡的言詞（右）
冷戰　冷凍　冷静

涼的日本酒	冷眼	冷藏
冷酒 れいしゅ	冷眼 れいがん	冷蔵 れいぞう
冷笑 れいしょう	れい	冷害 れいがい
冷房 れいぼう	冷血 れいけつ	冷酷 れいこく

冷笑（左）・夏天異常低溫（右）
冷氣　冷血　冷酷

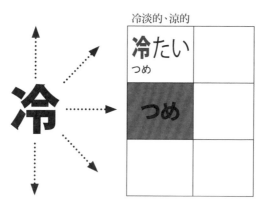

冷淡的、涼的

冷たい つめ	
つめ	

秋天的寒意	保持低溫
秋冷 しゅうれい	保冷 ほれい
れい	空冷 くうれい
	寒冷 かんれい

空氣冷卻（右）
寒冷

冷却、降低	冷、涼
冷ます さ	冷める さ
さ	

變冷、變涼	涼的日本酒	使冷卻、嘲弄
冷える ひ	冷や酒 ひざけ	冷やかす ひ
お冷や ひ	ひ	冷やかし ひ
冷や汗 ひあせ	冷や水 ひみず	冷やす ひ

冷水（左）・嘲弄（右）
冷汗　冷水　使涼、使冷靜

● わたしの友達は国際**交流**に 興 味があります。
<small>ともだち こくさい きょうみ</small>

● 料 理する時、 油 を排水口に**流さない**でください。
<small>りょうり とき あぶら はいすいこう</small>

● **流行り**の靴は売り切れて、市 場 に**流通**していません。
<small>くつ う き しじょう</small>

流行	流行性感冒	流血
流行 りゅうこう	流感 りゅうかん	流血 りゅうけつ
流体 りゅうたい	**りゅう**	流弾 りゅうだん
流域 りゅういき	流言 りゅうげん	流星 りゅうせい
流域	流言	流星

流體 / 流彈・流動

流産	流量	流出
流産 りゅうざん	流量 りゅうりょう	流出 りゅうしゅつ
流動 りゅうどう	**りゅう**	流入 りゅうにゅう
流儀 りゅうぎ	流通 りゅうつう	流水 りゅうすい
做法、作風	流通	流水

流入

唸一圈，
就熟記！

流

逆流	交流	風流
逆流 ぎゃくりゅう	交流 こうりゅう	風流 ふうりゅう
三流 さんりゅう	**りゅう**	寒流 かんりゅう
急流 きゅうりゅう	下流 かりゅう	漂流 ひょうりゅう
湍急的水流	下游	漂流

三流 / 寒流

變遷	流傳
流転 るてん	流布 るふ
る	流罪 るざい
流民 るみん	流浪 るろう
難民	流浪

流放・流彈

流、逝去	流、水流	流浪的人
流れる なが	流れ なが	流れ者 なが もの
流れ弾 なが だま	**なが**	流れ星 なが ぼし
流す なが	流し なが	流し台 なが だい
使…流動	流、沖	流理台

流星

(特殊發音) **流行る**（流行－動詞）・ **流行り**（流行－名詞）
<small>はや はや</small>

- 彼は**楽天**的で、嫌なことはすぐ忘れます。
- 悲しいときは、**楽しい** 話 をしましょう。
- わたしは**音楽**の中で、**洋楽**をよく聞きます。

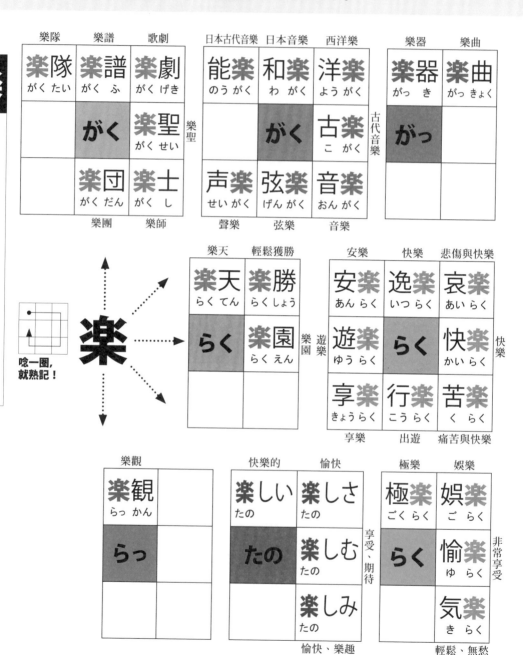

- 今日は休みですので、**昼過ぎ**まで寝ていました。
- 寒くなりましたが、いかがお**過ごし**ですか。
- **過去**の**過ち**は繰り返したくありません。

過度	過失	過度稀疏		過敏	過度稠密	過程
過度 かど	過失 かしつ	過疎 かそ		過敏 かびん	過密 かみつ	過程 かてい
過剰 かじょう	か	過少 かしょう		過大 かだい	か	過当 かとう
過食 かしょく	過言 かごん	過多 かた		過小 かしょう	過賞 かしょう	過信 かしん
吃過量	過分、誇大其詞	過多		過小	過度稱讚	太過相信

過剰 … 過剰

過少 … 過大

過當、過分

唸一圈，就熟記！

過去 … 過去

激進	過半數	過熱
過激 かげき	過半数 かはんすう	過熱 かねつ
過去 かこ	か	過酷 かこく
過分 かぶん	過重 かじゅう	過日 かじつ
過分	過重	前幾天

過分嚴苛

犯錯	錯誤、過錯
過つ あやま	過ち あやま
あやま	

經過、過度	度過
過ぎる す	過ごす す
す	昼過ぎ ひるす

午後

通過	罪過	經過
通過 つうか	罪過 ざいか	経過 けいか
	か	透過 とうか
看過 かんか	一過 いっか	超過 ちょうか
忽略、漏看	快速通過	超過

透過

● 色が落ちない**口紅**が欲しいのですが、何がいいですか？

● 朝はいつも時間が無いので、パンを**一口**だけ食べます。

● 銀行の**窓口**に行けば、**口座**を開設することができます。

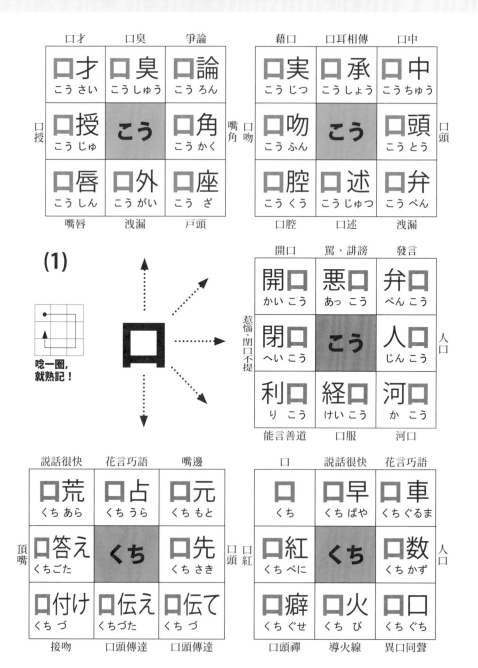

口才 口才 こうさい ・ **口臭** 口臭 こうしゅう ・ **争論** 口論 こうろん

口授 口授 こうじゅ ・ **こう** ・ 口角 こうかく 嘴角

嘴唇 口唇 こうしん ・ 洩漏 口外 こうがい ・ 戸頭 口座 こうざ

藉口 口実 こうじつ ・ **口耳相傳** 口承 こうしょう ・ **口中** 口中 こうちゅう

口吻 口吻 こうふん ・ **こう** ・ 口頭 口頭 こうとう 口頭

口腔 口腔 こうくう ・ 口述 口述 こうじゅつ ・ 洩漏 口弁 こうべん

(1)

唸一圈，就熟記！

開口 開口 かいこう ・ **罵、誹謗** 悪口 あっこう ・ **發言** 弁口 べんこう

惹惱、閉口不提 閉口 へいこう ・ **こう** ・ 人口 人口 じんこう 人口

能言善道 利口 りこう ・ 口服 経口 けいこう ・ 河口 河口 かこう

説話很快 口荒 くちあら ・ **花言巧語** 口占 くちうら ・ **嘴邊** 口元 くちもと

頂嘴 口答え くちごた ・ **くち** ・ 口先 くちさき 口頭／口紅

接吻 口付け くちづ ・ 口伝え くちづた ・ 口頭傳達 口伝て くちづ

口 口 くち ・ **説話很快** 口早 くちばや ・ **花言巧語** 口車 くちぐるま

口紅 口紅 くちべに ・ **くち** ・ 口数 くちかず 人口

口頭禪 口癖 くちぐせ ・ 導火線 口火 くちび ・ 異口同聲 口口 くちぐち

● 東京駅（とうきょうえき）は**出口**がたくさんあるので、迷子（まいご）になりました。
● 私（わたし）は、日本酒（にほんしゅ）は**甘口**、ワインは**辛口**が好きです。
● 女性（じょせい）を**口説く**とき、**早口**（はや）で話（はな）さないほうがいいです。

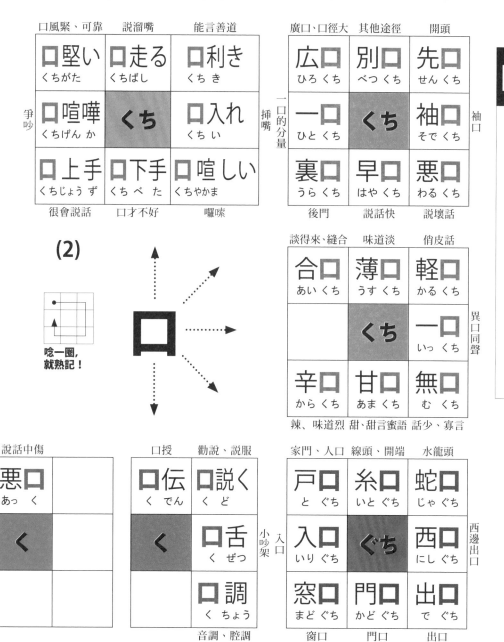

(2)
唸一圈，就熟記！

口堅い くちがた ／ 口走る くちばし ／ 口利き くちき
口喧嘩 くちげんか ／ くち ／ 口入れ くちいれ
口上手 くちじょうず ／ 口下手 くちべた ／ 口喧しい くちやかま

口風緊、可靠 ／ 説溜嘴 ／ 能言善道
爭吵 ／ 挿嘴
很會説話 ／ 口才不好 ／ 囉嗦

広口 ひろくち ／ 別口 べつくち ／ 先口 せんくち
一口 ひとくち ／ くち ／ 袖口 そでくち
裏口 うらくち ／ 早口 はやくち ／ 悪口 わるくち

廣口、口徑大 ／ 其他途徑 ／ 開頭
一口的分量 ／ 袖口
後門 ／ 説話快 ／ 説壞話

合口 あいくち ／ 薄口 うすくち ／ 軽口 かるくち
くち ／ 一口 いっくち
辛口 からくち ／ 甘口 あまくち ／ 無口 むくち

談得來、縫合 ／ 味道淡 ／ 俏皮話
異口同聲
辣、味道烈 ／ 甜、甜言蜜語 ／ 話少、寡言

悪口 あっく ／ く
説話中傷

口伝 くでん ／ 口説く くど
く ／ 口舌 くぜつ
口調 くちょう

口授 ／ 勸説、説服
入口 ／ 小吵架
音調、腔調

戸口 とぐち ／ 糸口 いとぐち ／ 蛇口 じゃぐち
入口 いりぐち ／ ぐち ／ 西口 にしぐち
窓口 まどぐち ／ 門口 かどぐち ／ 出口 でぐち

家門、人口 ／ 線頭、開端 ／ 水龍頭
西邊出口
窗口 ／ 門口 ／ 出口

可參照學習書　P068

- 台湾(たいわん)はバイクが多(おお)いですから、**空気(くうき)**がとても悪(わる)いです。
- 今日(きょう)は**青空(あおぞら)**が広(ひろ)がって、とてもいい天気(てんき)です。
- あの選手は気合いが**空回(きあまわ)り**して、**空振(からぶ)り**三振(さんしん)しました。

空

	機場	空間	航空信件	
	空港 くうこう	空間 くうかん	空便 くうびん	
空中	空中 くうちゅう	**くう**	空地 くうち	空地
	空気 くうき	空室 くうしつ	空席 くうせき	
	空氣	空屋	空位	

航空	天空	
航空 こうくう	天空 てんくう	
くう	上空 じょうくう	上空

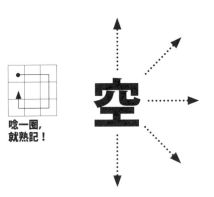

唸一圈，就熟記！

	空的、假	空空的	空轉	
	空 から	空っぽ から	空回り からまわ	
		から	空手 からて	空手道
	空元気 からげんき	空振り からぶ	空炒り からい	
	虛張聲勢	揮棒落空	乾炒	

	空出来	清空	
	空く あ	空ける あ	
	あ	空き家 あや	空屋
	空き あ	空き地 あち	
	空間、空隙	空地	

天空	藍天
大空 おおぞら	青空 あおぞら
ぞら	

	天空	天空、天氣	
	空 そら	空色 そらいろ	
	そら	空似 そらに	相似
	空豆 そらまめ	空泣 そらなき	
	鸞豆	假哭	

- 授業 中、トイレに行きたい**場合**は手をあげてください。
- このおかずは、ご飯にとても**合います**。
- **待ち合わせ**の時間は、あなたの**都合**に**合わせます**。

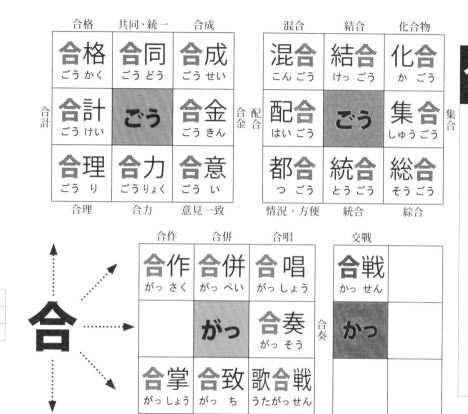

唸一圈，就熟記！

- お<ruby>酒<rt>さけ</rt></ruby>を<ruby>飲<rt>の</rt></ruby>みすぎましたから、<ruby>目<rt>め</rt></ruby>が**回**っています。
- <ruby>肩<rt>かた</rt></ruby>が<ruby>凝<rt>こ</rt></ruby>りますから、<ruby>首<rt>くび</rt></ruby>を**回して**リラックスしましょう。
- このドラマは**次回**が**最終回**ですから、<ruby>必<rt>かなら</rt></ruby>ず<ruby>見<rt>み</rt></ruby>ます。

回、次數	轉送	回教
回 かい	回送 かい そう	回教 かい きょう
回答 かい とう	**かい**	回収 かい しゅう
回転寿司 かいてん ず し	回想 かい そう	回数券 かい すう けん
迴轉壽司	回想	回數票

回答　回答

回收　回收
顧顧

恢復	周遊、遊覽	傳閱
回復 かい ふく	回遊 かい ゆう	回覧 かい らん
回顧 かい こ	**かい**	回診 かい しん
回線 かい せん	回帰 かい き	回路 かい ろ
線路	周期	迴路

回診　回診

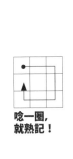

唸一圈，就熟記！

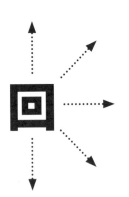

下次、下集	多次	每次
次回 じ かい	数回 すう かい	毎回 まい かい
	かい	初回 しょ かい
		最終回 さいしゅうかい

第一次

完結篇

旋轉、迴轉	旋轉、廻轉	旋轉舞台
回る まわ	回り まわ	回り舞台 まわ　ぶ たい
	まわ	回り道 まわ　みち
		回す まわ

繞道

轉、傳遞

- 週に２回、英**会話**教室に通っています。
  しゅう　に　かい　えい　きょうしつ　かよ
- あのお店の**会員**になると、安く買うことができます。
  みせ　　　　　　　　　　　　　　　　　　　　　　　やす　か
- 同級生に**会いたい**ので、**同窓会**に参加します。
  どうきゅうせい　　　　　　　　　　　　　　　　　　　さん　か

會場	會費	會話
会場 かいじょう	会費 かい ひ	会話 かい わ
会議 かい ぎ	かい	会計 かいけい
会合 かい ごう	会見 かいけん	会社 かいしゃ
會合	會見	公司

會議　會計

會員	會館	會談
会員 かいいん	会館 かいかん	会談 かいだん
会長 かいちょう	かい	会期 かい き
会戦 かいせん	会心 かいしん	会食 かいしょく
會戦	得意、満意	聚餐

會長　會計　會議期間

会

37

唸一圏，就熟記！

会

集會

公開會議	學會	司儀
公会 こうかい	学会 がっかい	司会者 しかいしゃ
集会 しゅうかい	かい	国会 こっかい
同窓会 どうそうかい	都会 と かい	面会 めんかい
同學會	都會	會面

國會

領會	大法會
会得 え とく	大会 だい え
え	集会 しゅ え

集會

會面、遇見	安排會面
会う あ	会わせる あ
あ	

議會	盛會	社會
議会 ぎ かい	盛会 せいかい	社会 しゃかい
分会 ぶんかい	かい	大会 たいかい
教会 きょうかい	機会 き かい	入会 にゅうかい
教會	機會	入會

分會　大會

- 前半は負けていましたが、**後半**に逆転しました。
- レポートは**後回**しにして、他の宿題を先にやります。
- 結婚していないので、**老後**が心配です。

唸一圈，就熟記！

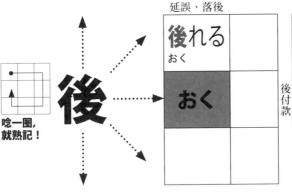

將來、以後	隨後	
後ろ のち	後程 のち ほど	
のち	後々 のち のち	將來
晴れ後 は　のち	後の世 のち　よ	

晴天轉變為…　來世、來生

後面	後盾	後脚
後ろ うし	後ろ盾 うし　だて	後ろ足 うし　あし
うし	後ろ合せ うし　あわ	背對背
後ろ姿 うし　すがた	後ろ髪 うし　がみ	後ろ暗い うし　ぐら

背影　　　後面頭髮　　　内疚

● この映画の内容は全て**実話**です。

● どうして遅刻したのか、理由を**話して**ください。

● 高橋君に**話しかけ**たいんですが、**話題**がありません。

話題	說話的技巧		會話	真實的事	神話故事
話題 わ だい	**話術** わ じゅつ		**会話** かい わ	**実話** じつ わ	**神話** しん わ
わ	**話法** わ ほう		**童話** どう わ	**わ**	**対話** たい わ
	話芸 わ げい		**民話** みん わ	**電話** でん わ	**談話** だん わ
	說話的藝術		民間故事	電話	談話

説話的方法 / 童話故事 / 對話

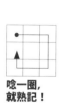

唸一圈,
就熟記！

話

説、談	説話的方式	對話、商量
話す はな	**話し方** はな かた	**話し合う** はな あ
	はな	**話し掛ける** はな か
話し手 はな て	**話し声** はな ごえ	**話し合い** はな あ
説話的人	説話聲	商量、商議

搭訕、攀談

笑話	閒話家常
笑い話 わら ばなし	**世間話** せ けんばなし
ばなし	

聊天、談話	電話中
話 はなし	**話中** はなしちゅう
はなし	

● 彼は昨日、徹夜で勉強したので、**今頃**寝ています。
かれ きのう てつや べんきょう ね

● 空が真っ黒で、**今にも**雨が降りそうです。
そら ま くろ あめ ふ

● **今日**、中野くんはとても**今風**な服を着ています。
なかの ふく き

今

這次、下次	今後	今天
今度 こんど	今後 こんご	今日 こんにち
今晩 こんばん	こん	今回 こんかい
今夜 こんや	今夕 こんせき	今昔 こんじゃく

今天晚上 ← 今晚 | 今夜 | 今天傍晚 | 現在與過去

這次、現在 / 這期 →

這個月	這個星期	今年夏天
今月 こんげつ	今週 こんしゅう	今夏 こんか
今期 こんき	こん	今冬 こんとう
今季 こんき	今年度 こんねんど	今学期 こんがっき

今年冬天 →

本季 | 本年度 | 本學期

唸一圈,就熟記！

	最近	古今
昨今 さっこん	古今 ここん
こん	現今 げんこん

現今 →

時下、時髦	事到如今	現在
今風 いまふう	今更 いまさら	今頃 いまごろ
	いま	今時 いまどき
	今にも いま	今程 いまほど

目前、如今 →

即將、馬上 | 最近

- 親友と**絶交**したことをとても後悔しています。
_{しんゆう} _{こうかい}

- 今、台湾と日本には**国交**がありません。
_{いま} _{たいわん} _{にほん}

- 警察官が**交差点**で**交通**整理をしています。
_{けいさつかん} _{せいり}

交代	十字路口	派出所
交代 こうたい	交差点 こうさてん	交番 こうばん
交換 こうかん	こう	交互 こうご
交戦 こうせん	交際 こうさい	交付 こうふ

交換（左）　交互（右）

| 交戦 | 交際 | 交付 |

交配	交替	交通
交配 こうはい	交替 こうたい	交通 こうつう
交易 こうえき	こう	交錯 こうさく
交渉 こうしょう	交流 こうりゅう	交情 こうじょう

交易（左）　交錯（右）

| 交渉 | 交流 | 交情 |

交

唸一圈，就熟記！

性交對象混亂

舊交	社交	絕交
旧交 きゅうこう	社交 しゃこう	絶交 ぜっこう
乱交 らんこう	こう	外交 がいこう
雑交 ざっこう	性交 せいこう	国交 こっこう

外交

| 交雑、混雑 | 性交 | 邦交 |

交叉、交換	互相…
交わす か	交う か
か	

混合、攪拌	混雑
交ぜる ま	交ざる ま
ま	

夾雜、交際	交換、加入
交る まじ	交える まじ
まじ	交わる まじ

交叉、交往

- 彼は**お金持ち**なので、いつもいい車に乗っています。
  - かれ、くるま、の
- **金儲け**のコツを教えてください。
  - おし
- 交通違反で**罰金**を払うので、もう**お金**がありません。
  - こうつういはん、はら

金

金額	金髪	金銭
金額 きんがく	金髪 きんぱつ	金銭 きんせん
金融 きんゆう	きん	金星 きんせい
金貨 きんか	金色 きんいろ	金光 きんこう
金幣	金色	金色光芒

金銭	利息	睾丸
金子 きんす	金利 きんり	金玉 きんたま
金魚 きんぎょ	きん	金属 きんぞく
金言 きんげん	金山 きんざん	金曜 きんよう
金玉良言	金礦山	週五

費用	存款	罰金
料金 りょうきん	預金 よきん	罰金 ばっきん
現金 げんきん	きん	募金 ぼきん
集金 しゅうきん	貯金 ちょきん	代金 だいきん
集資	存款	貨款

募款

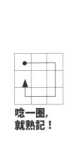

唸一圏,
就熟記！

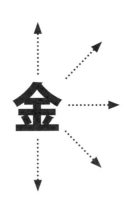

	金銭	金庫	銭包
	お金 かね	金蔵 かねぐら	金入れ かねい
籌款	金繰り かねぐ	かね	金儲け かねもう
	金回り かねまわ	金遣い かねづか	お金持ち かねも
	資金週轉	花銭	有銭人

獲利

黄金	
黄金 おうごん	
ごん	

堅硬無比	日本地名
金剛 こんごう	金光 こんこう
こん	金冠 こんかん
金銅 こんどう	金色 こんじき
鍍金的銅	金色

黄金製的皇冠

鐵鎚	金屬零件
金槌 かなづち	金具 かなぐ
かな	金物 かなもの
金元 かなもと	金沢 かなざわ
出資的人	日本地名

五金

廢金屬	金屬鎖扣
古金 ふるがね	留金 とめがね
がね	黄金 こがね
	有り金 あがね
	現款

金黄色

● 私 は毎日、**家計**簿をつけています。

● 彼女は**家族**と喧嘩をして**家出**しました。

● 私 の**家**は便利な場所にあるし、**家賃**も安いです。

家畜	家庭收支	家具
家畜 か ちく	家計 か けい	家具 か ぐ
家庭 か てい	**か**	家事 か じ
家屋 か おく	家族 か ぞく	家内 か ない
房屋	家人	對外稱呼 自己的妻子

家庭（左）　　　家事・住家（右）

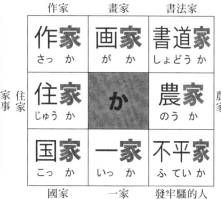

作家	畫家	書法家
作家 さっか	画家 が か	書道家 しょどうか
住家 じゅうか	**か**	農家 のうか
国家 こっか	一家 いっか	不平家 ふ ていか
國家	一家	發牢騷的人

農家（右）

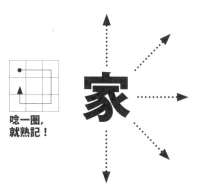

唸一圈，就熟記！

家

家臣	
家来 け らい	
け	

正宗	兩家
本家 ほん け	両家 りょう け
け	分家 ぶん け
武家 ぶ け	出家 しゅっ け
武士世家	出家

分家（右）

房屋、家庭	離家出走
家 いえ	家出 いえ で
いえ	家柄 いえ がら
	家路 いえ じ
	歸途

家世、名門（右）

出租的房子	出售的房子
貸家 かし や	売家 うり や
や	母家 おも や
借家 かり や	大家 おお や
租來的房子	房東

本店（右）

戶長、房東	房租
家主 や ぬし	家賃 や ちん
や	

● 帰りが遅くて、父親に2時間、**説教**されました。
（かえ）（おそ）（ちちおや）（にじかん）

● あの先生の**教え方**はとても上手です。
（せんせい）（じょうず）

● マンガを**教材**にして、日本語を**教えます**。
（にほんご）

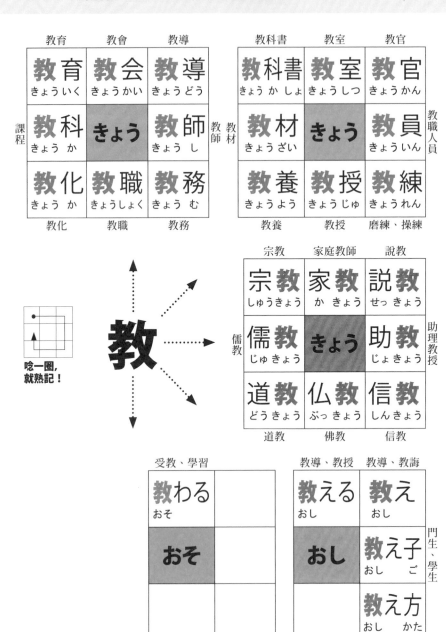

唸一圈，就熟記！

教育	教會	教導
教育 きょういく	教会 きょうかい	教導 きょうどう
教科 きょうか	きょう	教師 きょうし
教化 きょうか	教職 きょうしょく	教務 きょうむ

課程 （左）／教師・教材（右）

教化　教職　教務

教科書	教室	教官
教科書 きょうかしょ	教室 きょうしつ	教官 きょうかん
教材 きょうざい	きょう	教員 きょういん
教養 きょうよう	教授 きょうじゅ	教練 きょうれん

教職人員

教養　教授　磨練、操練

宗教	家庭教師	說教
宗教 しゅうきょう	家教 かきょう	説教 せっきょう
儒教 じゅきょう	きょう	助教 じょきょう
道教 どうきょう	仏教 ぶっきょう	信教 しんきょう

儒教（左）／助理教授（右）

道教　佛教　信教

受教、學習

教わる おそ	
おそ	

教導、教授　教導、教誨

教える おし	教え おし
おし	教え子 おし ご
	教え方 おし かた

門生、學生

教學方式

● **飲酒**運転で交通事故を起こしました。
うんてん　こうつうじこ　お

● 私 の父は**禁酒**を始めて、5キロ痩せました。
わたし　ちち　はじ　　ご　や

● **酒癖**の悪い人とお酒を飲みたくありません。
わる　ひと　　　の

可參照學習書 P092

酒

釀酒後的殘渣	酒品	酒鬼		酒宴	酒量	酒味、酒氣
酒粕 さけ かす	酒癖 さけ ぐせ	酒飲み さけ の		酒宴 しゅ えん	酒量 しゅりょう	酒気 しゅ き
	さけ	酒好き さけ ず	喜歡喝酒 酒席	酒席 しゅ せき	しゅ	酒造 しゅ ぞう
	お酒 さけ	酒浸り さけびた		酒精 しゅ せい	酒肴 しゅ こう	酒豪 しゅ ごう
	酒	沈溺於酒		酒精	酒菜	海量

製酒

唸一圈，就熟記！

酒

飲酒	洋酒	戒酒
飲酒 いん しゅ	洋酒 よう しゅ	禁酒 きん しゅ
	しゅ	美酒 び しゅ
	清酒 せい しゅ	日本酒 に ほんしゅ
	清酒	日本酒

美酒

日式酒館			酒行	酒吧	酒窖
居酒屋 い ざかや			酒屋 さか や	酒場 さか ば	酒蔵 さか ぐら
ざか				さか	酒倉 さか ぐら
			酒造り さかづく	酒盛り さか も	酒樽 さか だる
			釀酒	酒宴	酒桶

日本地名

45

● 今日の**昼間**は図書館で勉 強 していました。
（きょう）（としょかん　べんきょう）

● **間食**はダイエットの天敵です。
（てんてき）

● コンサートの開始**時間**に**間に合いません**でした。
（かいし）

間

可參照學習書　P094

46

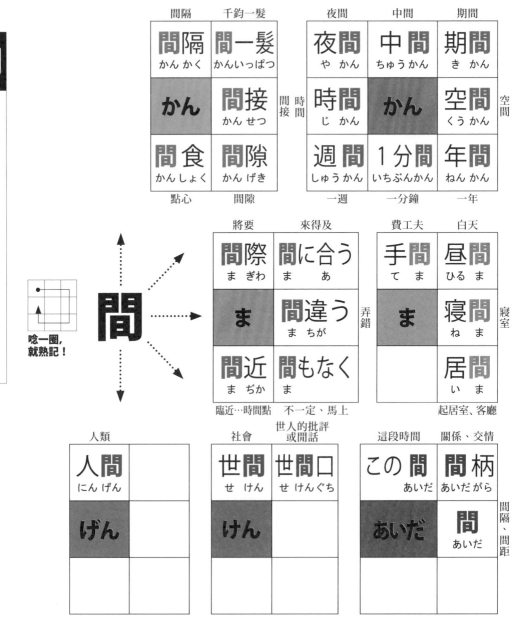

唸一圈，
就熟記！

間隔　　　千鈞一髮
間隔	間一髪
かんかく	かんいっぱつ
かん	間接
	かんせつ
間食	間隙
かんしょく	かんげき
點心　　　間隙

間接　時間
間接

夜間　　　中間　　　期間
夜間	中間	期間
やかん	ちゅうかん	きかん
時間	かん	空間
じかん		くうかん
週間	1分間	年間
しゅうかん	いちぶんかん	ねんかん
一週　　　一分鐘　　　一年

空間

將要　　　來得及
間際	間に合う
まぎわ	まあ
ま	間違う
	まちが
間近	間もなく
まぢか	ま
臨近…時間點　不一定、馬上

弄錯

費工夫　　　白天
手間	昼間
てま	ひるま
ま	寝間
	ねま
	居間
	いま
起居室、客廳

寝室

人類
人間	
にんげん	
げん	

社會
世間	世間口
せけん	せけんぐち
けん	
世人的批評
或閒話

這段時間　　　關係、交情
この間	間柄
あいだ	あいだがら
あいだ	間
	あいだ
間隔、間距

● 今夜はデートがあるので、仕事は早めに**切り上げます**。

● このドラマは視聴率が悪いので**打ち切り**になります。

● 私は友達を**裏切り**たくありません。

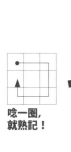

唸一圈，就熟記！

切

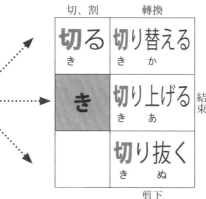

● **下**痢をしたので、病院に行きます。（びょういん　い）
● 給料日なので、銀行に行ってお金を**下**ろします。（きゅうりょうび　ぎんこう　い　かね）
● 地**下**鉄から**下**りる時、足元に注意してください。（とき　あしもと　ちゅうい）

可參照學習書 P098

下

唸一圈，就熟記！

か

下列	下降	下游
下記 かき	下降 かこう	下流 かりゅう
下方 かほう（下方）	**か**（順位較低）	下位 かい
下等 かとう	下部 かぶ	下肢 かし
下等	下部	下肢

か（地下鐵／下限）

文字底線	下層	下級
下線 かせん	下層 かそう	下級 かきゅう
地下鉄 ちかてつ	**か**	下限 かげん
天下 てんか	南下 なんか	部下 ぶか
天下	南下	部屬

した（年幼）

内衣	預先查看	内心、企圖
下着 したぎ	下見 したみ	下心 したごころ
年下 としした	**した**	下町 したまち（商業區）
下調べ したしら	下 した	下図 したず
預先調査	下面	草圖

くだ（下坡路）

下降、下樓	下坡、下行
下る くだ	下り くだ
くだ	下り坂 くだざか
下さる くだ	下らない くだ
給	無聊的

さ

降低、提額	往後退、下降
下げる さ	下がる さ
さ	

しも（下首的座位）

下半期	下流的話語
下半期 しもはんき	下ネタ しも
しも	下座 しもざ
川下 かわしも	下手 しもて
下游	下邊、下游

げ（下流、粗鄙）

下車	瀉藥	拉肚子
下車 げしゃ	下剤 げざい	下痢 げり
上下 じょうげ	**げ**	下品 げひん
下旬 げじゅん	下駄 げた	下水 げすい
下旬	木屐	汚水、下水道

特殊發音 **下**手（拙劣、笨拙）・足**下**（腳下）・**下**ろす（放下、卸下）・**下**りる（下來）
（へた・あしもと・お・お）

● 私（わたし）の部屋（へや）はとても**小さい**ので、引越（ひっこ）ししたいです。
● お汁粉（しるこ）を作（つく）るので、**小豆**を買（か）って来（き）てください。
● **小学生**が**小銭**を持ってお菓子（もかしかい）を買いに行きました。

小屋子	小説	小便
小屋 しょうおく	小説 しょうせつ	小便 しょうべん
小量 しょうりょう	しょう	小学生 しょうがくせい
小児 しょうに	小国 しょうこく	小冊子 しょうさっし
	兒童	小國家	小冊子

小份量（左）／小學生（右）

最小	中小
最小 さいしょう	中小 ちゅうしょう
しょう	極小 きょくしょう
縮小 しゅくしょう	大小 だいしょう
縮小	大小

極小（右）

小的	小
小さい ちい	小さな ちい
ちい	

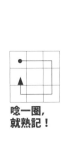

唸一圈，
就熟記！

小

狗屋	
犬小屋 いぬごや	
ご	

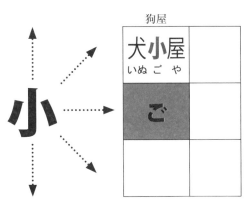

微暗的	叔叔
小暗い おぐら	小父さん おじ
お	小母さん おば
	小川 おがわ

阿姨（右）
小河、姓氏之一

小雨	小狗	小牛
小雨 こさめ	小犬 こいぬ	小牛 こうし
小粒 こつぶ	こ	小島 こじま
小石 こいし	小包 こつづみ	小銭 こぜに
小石	小包	零錢

小粒（左）／小島・小麥（右）

個頭小・小花紋	小盤子	少量・線索
小柄 こがら	小皿 こざら	小口 こぐち
小麦 こむぎ	こ	小切手 こぎって
小麦粉 こむぎこ	小高い こだか	小声 こごえ
麵粉	稍高的	小聲

現金・支票（右）

特殊發音 小豆（あずき）（紅豆）

- 新商品の**売れ行き**はとても好調です。
（しんしょうひん）（こうちょう）

- この道を曲がると**行き止まり**です。
（みち）（ま）

- 今回の海外**旅行**の**行き先**はロサンゼルスです。
（こんかい）（かいがい）

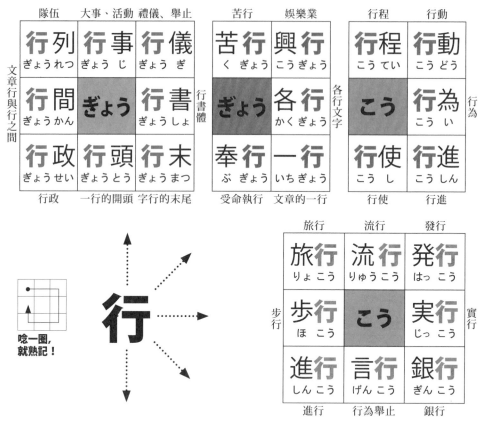

行

可參照學習書 P102

50

唸一圈，就熟記！

文章行與行之間

隊伍	大事、活動	禮儀、舉止
行列 ぎょうれつ	行事 ぎょうじ	行儀 ぎょうぎ
行間 ぎょうかん	ぎょう	行書 ぎょうしょ
行政 ぎょうせい	行頭 ぎょうとう	行末 ぎょうまつ
行政	一行的開頭	字行的末尾

行書體

苦行	娛樂業
苦行 くぎょう	興行 こうぎょう
ぎょう	各行 かくぎょう
奉行 ぶぎょう	一行 いちぎょう
受命執行	文章的一行

各行文字

行程	行動
行程 こうてい	行動 こうどう
こう	行為 こうい
行使 こうし	行進 こうしん
行使	行進

行為

旅行	流行	發行
旅行 りょこう	流行 りゅうこう	発行 はっこう
歩行 ほこう	こう	実行 じっこう
進行 しんこう	言行 げんこう	銀行 ぎんこう
進行	行為舉止	銀行

歩行 / 實行

舉行	行為、品性
行う おこな	行い おこな
おこな	行われる おこな
舉行	行為、品性

實施、進行

前往、到達	突然
行く い	行き成り いな
い	行き詰まる いづ
行き い	行き止まる いど
去、往	碰到盡頭

停頓

去	目的地
行く ゆ	行き先 ゆさき
ゆ	行く末 ゆすえ
売れ行き うゆ	行く手 ゆて
銷售、銷路	前方

將來、未來

特殊發音 **行方**（行蹤、去向）
ゆくえ

- セキュリティソフトを更新してください。
- 新鮮な野菜を使ってパスタを作りましょう。
  - やさい　つか　つく
- デジカメが壊れたので、新しいのが欲しいです。
  - こわ　ほ

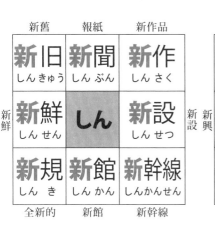

新舊	報紙	新作品
新旧 しんきゅう	新聞 しんぶん	新作 しんさく
新鮮 しんせん	しん	新設 しんせつ
新規 しんき	新館 しんかん	新幹線 しんかんせん
全新的	新館	新幹線

新鮮（左）／新設・新興（右）

新生	新制度	新鋭
新生 しんせい	新制 しんせい	新鋭 しんえい
新興 しんこう	しん	新型 しんがた
新品 しんぴん	新語 しんご	新入 しんにゅう
新品	新詞	新加入

新型（右）

新建造	新曲
新築 しんちく	新曲 しんきょく
しん	新式 しんしき
新婚 しんこん	新年 しんねん
新婚	新年

新式（右）

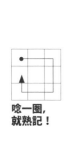

唸一圈，
就熟記！

新

革新	更新	最新
革新 かくしん	更新 こうしん	最新 さいしん
	しん	維新 いしん
一新 いっしん	刷新 さっしん	改新 かいしん
翻新	刷新	革新

改革、革新

新婚妻子	死者過世後的第一次盂蘭盆會
新妻 にいづま	新盆 にいぼん
にい	新潟 にいがた

地名

新、重新	死者過世後的第一次盂蘭盆會
新た あら	新盆 あらぼん
あら	新手 あらて

新手法

新的	新
新しい あたら	新しく あたら
あたら	新しがる あたら

喜歡時髦

可參照學習書 P104

51

● 今日の野外コンサートは大雨で**中止**になりました。
（きょう・やがい・おおあめ）

● クレジットカードの 入 会キャンペーン**実施中**です。
（にゅうかい）

● **一日中**、**中庭**の草むしりをしていました。
（くさ）

可參照學習書 P106

52

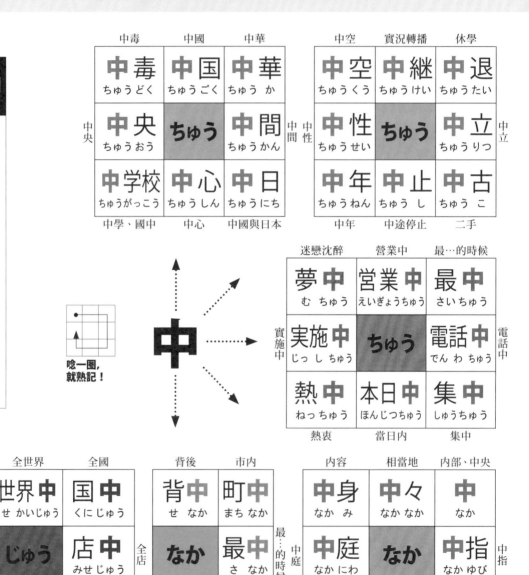

唸一圈，就熟記！

中

中毒	中國	中華
中毒 ちゅうどく	中国 ちゅうごく	中華 ちゅうか
中央 中央 ちゅうおう	ちゅう	中間 中間 ちゅうかん
中学校 ちゅうがっこう	中心 ちゅうしん	中日 ちゅうにち

中學、國中　中心　中國與日本

中空	實況轉播	休學
中空 ちゅうくう	中継 ちゅうけい	中退 ちゅうたい
中性 中性 ちゅうせい	ちゅう	中立 中立 ちゅうりつ
中年 ちゅうねん	中止 ちゅうし	中古 ちゅうこ

中年　中途停止　二手

迷戀沈醉	營業中	最…的時候
夢中 む ちゅう	営業中 えいぎょうちゅう	最中 さいちゅう
實施中 実施中 じっし ちゅう	ちゅう	電話中 でんわ ちゅう 電話中
熱中 ねっちゅう	本日中 ほんじつちゅう	集中 しゅうちゅう

熱衷　當日内　集中

全世界	全國	
世界中 せかいじゅう	国中 くにじゅう	
じゅう	店中 みせじゅう	全店
年中 ねんじゅう	一日中 いちにちじゅう	

一年之間　一整天

背後	市内	
背中 せ なか	町中 まち なか	
なか	最中 さ なか	最…的時候
世の中 よ なか	夜中 よ なか	

社會　半夜

内容	相當地	内部、中央
中身 なか み	中々 なか なか	中 なか
中庭 なか にわ 中庭	なか	中指 なか ゆび 中指
中出し なか だ	中休み なかやす	中程 なか ほど

體内射精　中間休息　中途、中間

- 政治家は**不正**行為をしてはいけません。
  (せいじか)
- このレストランは明日の**正午**、**正式**に開店します。
  (あした)（かいてん)
- 嘘をつかないで、**正直**に、**正確**に話してください。
  (うそ)（はな)

正当 (正當)	正解 (正確答案)	正本 (文件的正本)
正当 せいとう	正解 せいかい	正本 せいほん
正副 せいふく（正副）	せい	正確 せいかく（跪坐/正確）
正規 せいき	正式 せいしき	正誤 せいご
正規	正式	訂正

正字 (正確書寫的字)	正門 (正門)	正装 (禮服)
正字 せいじ	正門 せいもん	正装 せいそう
正座 せいざ	せい	正視 せいし（正視）
正気 せいき	正価 せいか	正常 せいじょう
正常的精神狀態	實價、定價	正常

正

可參照學習書 P108

53

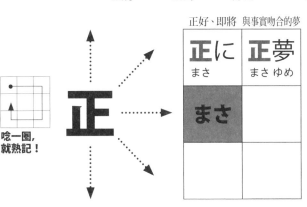

唸一圈，就熟記！

正に (正好、即將)	正夢 (與事實吻合的夢)
正に まさ	正夢 まさゆめ
まさ	

不正 (不正當)	純正 (純正)	中正 (公平、公正)
不正 ふせい	純正 じゅんせい	中正 ちゅうせい
改正 かいせい（修正）	せい	公正 こうせい（公正）
更正 こうせい	修正 しゅうせい	適正 てきせい
更正	修正	適當

立正 (立正)	賀正 (新年快樂)
立正 りっしょう	賀正 がしょう
しょう	大正 たいしょう（大正天皇的年號）

正面 (正面)	正午 (正午)
正面 しょうめん	正午 しょうご
しょう	正直 しょうじき（誠實地）
正札 しょうふだ	正月 しょうがつ
價格標籤	正月

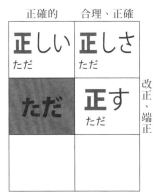

正しい (正確的)	正しさ (合理、正確)
正しい ただ	正しさ ただ
ただ	正す ただ（改正、端正）

● プロスポーツ選手はシーズンオフも**自主**トレします。
せんしゅ

● **主要**国首脳会議は年に１回、開催されます。
こくしゅのうかいぎ　ねん　いっかい　かいさい

● 風邪をひきました。**主な**症状は咳と鼻水です。
かぜ　　　　　　　　しょうじょう　せき　はなみず

主人、擁有者	股東	財物借給他人的人
主 ぬし	株主 かぶ ぬし	借主 かり ぬし
	ぬし	雇主 やといぬし
地主 じ ぬし	神主 かん ぬし	家主 や ぬし
土地擁有人	神道教的神職人員	房東

雇主 主觀

主人、主要的中心	對外稱呼自己先生	主張發動戰爭
主 しゅ	主人 しゅ じん	主戦 しゅ せん
主観 しゅ かん	しゅ	主力 しゅりょく
主催 しゅ さい	主婦 しゅ ふ	主任 しゅ にん
主辦	家庭主婦	首席

主力

唸一圍，
就熟記！

主

主旨

主義	主角	主題
主義 しゅ ぎ	主役 しゅ やく	主題 しゅ だい
主旨 しゅ し	しゅ	主張 しゅちょう
主犯 しゅ はん	主演 しゅ えん	主要 しゅ よう
主犯	主演	主要

主張

和尚、小男孩	
坊主 ぼう ず	
ず	

主要	主要的
主に おも	主な おも
おも	主立つ おもだ

居首、為主 債主

自主	戶長	君主
自主 じ しゅ	戸主 こ しゅ	君主 くん しゅ
債主 さい しゅ	しゅ	店主 てん しゅ
島主 とう しゅ	城主 じょうしゅ	業主 ぎょうしゅ
島主	城主	事業經營人

店主

● インターネットで産地**直送**の蟹を買いました。
（さんち）（かに）（か）

● 好きな人に対して**素直**になれません。
（す）（ひと）（たい）

● この道を**真っ直ぐ**行くと、**直に**学校が見えてきます。
（みち）（い）（がっこう）（み）

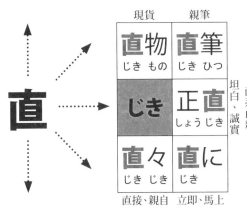

直営	面臨	直送		垂直	率直
直営 ちょくえい	直面 ちょくめん	直送 ちょくそう		垂直 すいちょく	率直 そっちょく
直接 ちょくせつ	ちょく	直線 ちょくせん		ちょく	夜直 やちょく
直前 ちょくぜん	直後 ちょくご	直売 ちょくばい			

直接（左）　直線（右）　値夜班（右）

眼前　之後不久　直銷

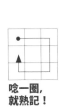

唸一圈，
就熟記！

直

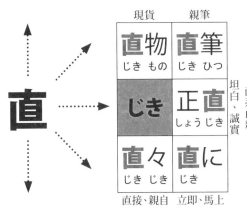

現貨	親筆		憑直覺觀察	直角	直徑
直物 じきもの	直筆 じきひつ		直観 ちょっかん	直角 ちょっかく	直径 ちょっけい
じき	正直 しょうじき		直系 ちょっけい	ちょっ	直行 ちょっこう
直々 じきじき	直に じき		直下 ちょっか	直帰 ちょっき	直感 ちょっかん

坦白、誠實（右）　直系血親（右）　直行（右）

直接、親自　立即、馬上　　正下方　直接回家　直覺

立刻、直接	正中間、當中		樸素、坦率		復原、改正	修理、矯正
直ちに ただ	直中 ただなか		素直 すなお		直る なお	直す なお
ただ			なお		なお	直し なお
						直木 なおき

修改、矯正（右）

姓氏之一

特殊發音　真っ直ぐ（まっすぐ）（立即、馬上）

- 今夜はとても寒いので、**指**がかじかんでいます。
  （こんや）（さむ）

- あの学校の生徒**指導**方針は素晴らしいです。
  （がっこう せいと）（ほうしん すば）

- 彼女は今日、**薬指**に婚約**指輪**をはめています。
  （かのじょ きょう）（こんやく）

指

可參照學習書 P114

56

指示	指令	指標
指示 し じ	指令 し れい	指 標 し ひょう
指導 し どう	し	指 南 し なん
指定 し てい	指針 し しん	指 圧 し あつ

指導（左） 教導（右）
指定 指針 指壓

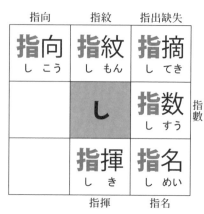

指向	指紋	指出缺失
指向 し こう	指紋 し もん	指摘 し てき
	し	指数 し すう
	指揮 し き	指名 し めい

指數（右）
指揮 指名

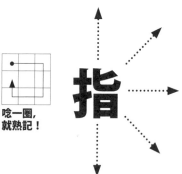

唸一圈，就熟記！

指

首屈一指	中指	十指
屈指 くっ し	中指 ちゅう し	十指 じゅっ し
	し	食指 しょく し
	一指 いっ し	手指 しゅ し

食指（右）
一根指頭 手指

手指	指尖
指 ゆび	指先 ゆび さき
ゆび	指輪 ゆび わ

戒指（右）

目標、眼神	指名、點名
目指し め ざ	名指す な ざ
ざ	目指す め ざ

以…為目標（右）

指向、指示	下棋方式
指す さ	指し方 さ かた
さ	物指し もの さ

尺度、標準（右）

小指	中指
小指 こ ゆび	中指 なか ゆび
ゆび	薬指 くすり ゆび
	親指 おや ゆび

無名指（右）
大姆指

特殊發音 <u>指図</u>（吩咐、指使）
（さしず）

- 会社からとても**重要**な書類が届きました。
  （かいしゃ／しょるい／とど）
- 彼は 私 の意見を**尊重**してくれません。
  （かれ／わたし／いけん）
- 私 は父より**体重**が**重い**です。
  （わたし／ちち）

重量	重視	重要
重量 じゅうりょう	重視 じゅうし	重要 じゅうよう
重力 じゅうりょく	じゅう	重症 じゅうしょう
重心 じゅうしん	重役 じゅうやく	重大 じゅうだい
重心	要職、董事	重大

（重力）（重病）

比重	體重
比重 ひじゅう	体重 たいじゅう
じゅう	厳重 げんじゅう

（嚴格、嚴謹）

重

唸一圈，就熟記！

重疊	寶貝、珍惜
重畳 ちょうじょう	重宝 ちょうほう
ちょう	重複 ちょうふく

（重複）

尊重	莊重、莊嚴
尊重 そんちょう	荘重 そうちょう
ちょう	慎重 しんちょう
珍重 ちんちょう	貴重 きちょう

（慎重）（稀有、珍貴）（貴重）

堆疊、重複	重複、重疊
重ねる かさ	重なる かさ
かさ	

九層	幾層、多層
九重 ここのえ	幾重 いくえ
え	二重 ふたえ

（雙層）

重的	重的、沉重
重い おも	重たい おも
おも	重り おも
	重荷 おもに

（重物）（重擔）

重

可參照學習書 P116

57

● 自動車に乗る時は、シートベルトを**着用**します。

● あと五分で、約束の場所に**着きます**。

● 今年の冬は、**上着**を**一着**、買いたいです。

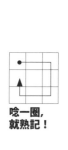

唸一圏，就熟記！

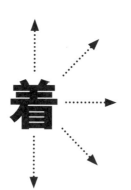

穿衣、貪污	來信	穩健		入席	進展順利	就任
着服 ちゃくふく	着信 ちゃくしん	着実 ちゃくじつ		着席 ちゃくせき	着々 ちゃくちゃく	着任 ちゃくにん
着色 ちゃくしょく	ちゃく	着手 ちゃくしゅ		着衣 ちゃくい	ちゃく	着陸 ちゃくりく
着工 ちゃくこう	着想 ちゃくそう	着弾 ちゃくだん		着駅 ちゃくえき	着用 ちゃくよう	着目 ちゃくもく

著色 / 著手 / 穿衣服 / 飛機著陸

| 動工 | 構想 | 中彈 | | 到站 | 穿戴 | 著眼 |

試穿	安全到達	提早抵達
試着 しちゃく	安着 あんちゃく	早着 そうちゃく
遅着 ちちゃく	ちゃく	執着 しゅうちゃく
一着 いっちゃく	4時着 よじちゃく	到着 とうちゃく

晩到 / 執著

| 一件衣服、
馬拉松冠軍 | 四點到達 | 到達 |

抵達、入席	穿
着く つ	着ける つ
つ	

穿、承受	給…穿上
着る き	着せる き
き	着物 きもの
	着こなし き

和服

| | 穿法、穿搭 |

冬裝	春裝	舊衣服
冬着 ふゆぎ	春着 はるぎ	古着 ふるぎ
薄着 うすぎ	ぎ	下着 したぎ
作業着 さぎょうぎ	仕事着 しごとぎ	上着 うわぎ

穿得很輕薄 / 內衣

| 作業服 | 工作服 | 外套 |

- ＮＢＡを**観戦**しにアメリカに行きます。
- **戦後**、日本人の 食 生活は大きく変わりました。
- 今日の試合は**作戦**通りに**戦えた**ので、勝ちました。

戦争	戦車	戦死
戦争 せん そう	戦車 せん しゃ	戦死 せん し
戦前 せん ぜん	せん	戦士 せん し
戦乱 せん らん	戦場 せんじょう	戦火 せん か
戦亂	戦場	戦火

戦争前 ／ 戦士 戦地

戦争後	戦時	日本的戦國時代
戦後 せん ご	戦時 せん じ	戦国 せん ごく
戦地 せん ち	せん	戦犯 せん ぱん
戦力 せんりょく	戦略 せんりゃく	戦線 せん せん
軍力、兵力	戦略	戦線

戦犯

唸一圈，
就熟記！

戦

開戦	決戦	観戦
開戦 かい せん	決戦 けっせん	観戦 かん せん
大戦 たい せん	せん	作戦 さく せん
合戦 かっせん	交戦 こう せん	停戦 てい せん
合戦	交戦	停戦

大戦 ／ 作戦

戦鬥、鬥爭	作戦、搏鬥
戦い たたか	戦う たたか
たたか	

戦鬥、戦爭	勝戦
戦 いくさ	勝ち 戦 か いくさ
いくさ	

冷戦	参戦	反戦
冷戦 れい せん	参戦 さん せん	反戦 はん せん
挑戦 ちょうせん	せん	不戦 ふ せん
応戦 おう せん	勇戦 ゆう せん	力戦 りき せん
接受挑戰、 應戰	勇敢奮戰	力戰

挑戦 ／ 放棄比賽、反戰

- この試合に勝って、決勝戦に**進出**しましょう。
- 息子が宇宙飛行士になりたいと**言い出し**ました。
- **引き出し**からハンカチを**出して**くれますか。

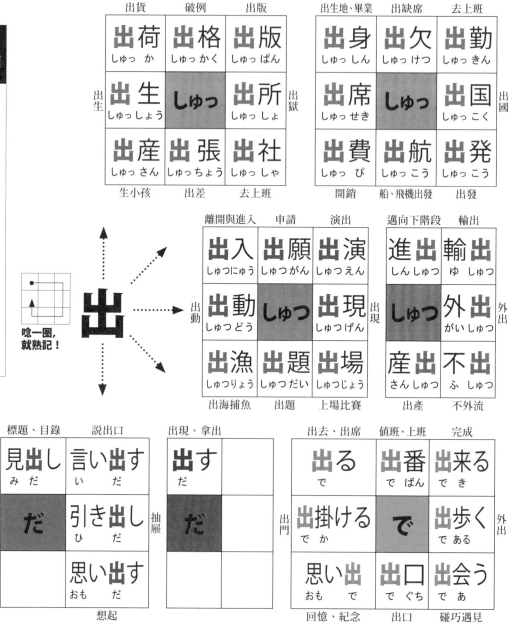

出

可參照學習書 P122

唸一圈，就熟記！

- 私（わたし）はあなたの意見（いけん）に**賛成**できません。
- 今学期（こんがっき）は勉強（べんきょう）しなかったので、**成績**が落（お）ちました。
- 初（はじ）めてホームページを**作成**しました。

成分	成績	成功
成分 せい ぶん	成績 せい せき	成功 せい こう
成立 せい りつ	せい	成人 せい じん
成熟 せいじゅく	成長 せいちょう	成婚 せい こん
成熟	成長	結婚

成立 ／ 成人・成形

生育、生長	成員	成果
成育 せい いく	成員 せい いん	成果 せい か
成形 せい けい	せい	成型 せい けい
成虫 せいちゅう	成否 せい ひ	成敗 せい ばい
成蟲	成功與否	成敗

鑄型

成

可參照學習書　P124

61

唸一圏，
就熟記！

成

栽培成材	組織	變質、變形
育成 いく せい	編成 へん せい	変成 へん せい
完成 かん せい	せい	合成 ごう せい
構成 こう せい	生成 せい せい	促成 そく せい
構成、組成	創造、生成	人工加速培育

完成 ／ 合成

（願望）達成	往生
成就 じょうじゅ	成仏 じょうぶつ
じょう	

構成、形成	誠然、原来
成す な	成る程 な ほど
な	成り立つ な た
成る な	成る可く な べ
完成	盡量

成立、依存

形成	創立	製作
形成 けい せい	結成 けっ せい	作成 さく せい
	せい	賛成 さん せい
	老成 ろう せい	落成 らく せい
	成熟、有智慧	建築物落成

賛成

- 5月**上旬**はまだ暑くありません。（ごがつ、あつ）
- わたしと彼は友達**以上**、恋人未満の関係です。（かれ、ともだち、こいびとみまん、かんけい）
- **上期**の**売り上げ**は去年の同時期を**上回り**ました。（きょねん、どうじき）

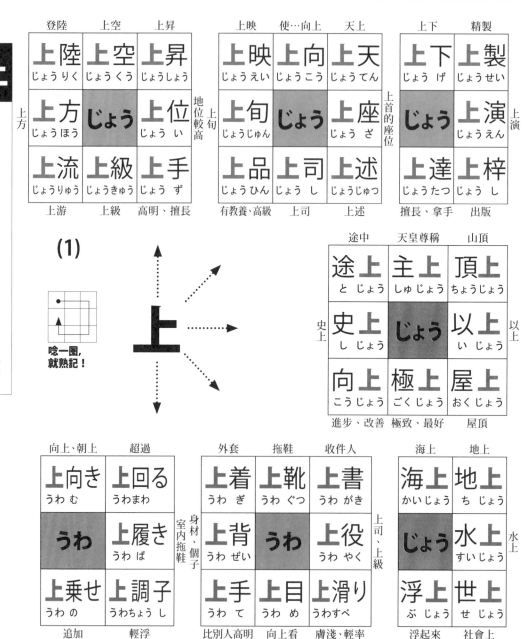

上

登陸	上空	上昇
上陸 じょうりく	上空 じょうくう	上昇 じょうしょう
上方 じょうほう	じょう	上位 じょうい
上流 じょうりゅう	上級 じょうきゅう	上手 じょうず
上游	上級	高明、擅長

上方　地位較高

上映	使…向上	天上
上映 じょうえい	上向 じょうこう	上天 じょうてん
上旬 じょうじゅん	じょう	上座 じょうざ
上品 じょうひん	上司 じょうし	上述 じょうじゅつ
有教養、高級	上司	上述

上旬　上首的座位

上下	精製
上下 じょうげ	上製 じょうせい
じょう	上演 じょうえん
上達 じょうたつ	上梓 じょうし
擅長、拿手	出版

上演

(1)

唸一圈，就熟記！

途中	天皇尊稱	山頂
途上 とじょう	主上 しゅじょう	頂上 ちょうじょう
史上 しじょう	じょう	以上 いじょう
向上 こうじょう	極上 ごくじょう	屋上 おくじょう
進步、改善	極致、最好	屋頂

史上　以上

向上、朝上	超過
上向き うわむ	上回る うわまわ
うわ	上履き うわば
上乗せ うわの	上調子 うわちょうし
追加	輕浮

外套	拖鞋	收件人
上着 うわぎ	上靴 うわぐつ	上書 うわがき
上背 うわぜい	うわ	上役 うわやく
上手 うわて	上目 うわめ	上滑り うわすべ
比別人高明	向上看	膚淺、輕率

身材、個子　室內拖鞋　上司、上級

海上	地上
海上 かいじょう	地上 ちじょう
じょう	水上 すいじょう
浮上 ぶじょう	世上 せじょう
浮起來	社會上

水上

● 暖かくなったので、**上着**を羽織らなくてもいいです。

● わたしは編み物が**上手**になりました。

● **上司**や**目上**の方が**上座**に座ります。

（あたた）（は　お）（あ　もの）（ほう）（すわ）

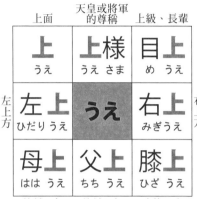

上面	天皇或將軍的尊稱	上級、長輩
上 うえ	上様 うえ さま	目上 め うえ
左上 ひだり うえ	うえ	右上 みぎ うえ
母上 はは うえ	父上 ちち うえ	膝上 ひざ うえ
尊稱母親	尊稱父親	膝蓋以上

左上方 ／ 右上方

登、爬上	登高、上行	記載、公開提出
上る のぼ	上り のぼ	上す のぼ
	のぼ	上り列車 のぼ　れっしゃ
	上り坂 のぼ　ざか	上せる のぼ
	上坂路	記載、公開提出

上行列車

上

(2)

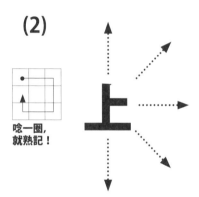

唸一圈，就熟記！

上

關西地方	上半年
上方 かみ がた	上期 かみ き
かみ	上座 かみ ざ
上 かみ	上手 かみ て
上部、上游	上座、上游

上首的座位

上游	朝廷、主人
川上 かわ かみ	御上 おか み
かみ	村上 むら かみ

姓氏之一

提出	銷售量
取上げ とり あ	売上げ うり あ
あ	付上がる つけ あ

得意忘形

舉、提升	升、進入
上げる あ	上がる あ
あ	上がり あ
	上げ潮 あ　しお

上漲、完成

漲潮

- ２１**世紀**は 中 国の**世紀**といわれています。
（にじゅういっ）（ちゅうごく）
- 花 博 では、**世界** 中 の花を見ることができます。
（はなひろし）（じゅう）（はな み）
- **世間体**を気にする 人 は、**出世**できません。
（き）（ひと）

世紀	世代	大官的繼承人		前世	後世	近代
世紀 せい き	世代 せい だい	世嗣 せい し		前世 ぜん せい	後 世 ご(こう)せい	近世 きん せい
世故 せい こ	せい	世子 せい し		人世 じん せい	せい	時世 じ せい
世変 せい へん	世局 せいきょく	世論 せいろん		伝世 でん せい	一世 いっ せい	救世 きゅうせい
社會上的騷動	世局	興論		傳給後代	一世	拯救世人

社會上的事 · 繼承人 · 人世 · 時代

呛一圈,
就熟記！

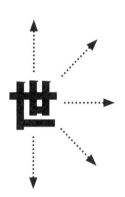

一生、社會	興論	
世 よ	世論 よ ろん	
よ	世々 よ よ	世世代代
浮世 うき よ	世の中 よ なか	
浮世	世間、世上	

前世	出人頭地			世代	家庭、門戶	世人			照顧	興論	
前世 ぜん せ	出世 しゅっ せ			世代 せ だい	世帯 せ たい	世人 せ じん			世話 せ わ	世論 せ ろん	
せ	来世 らい せ	來世		世間体 せ けんてい	せ	世界 せ かい	世界		せ	世俗 せ ぞく	世俗
				世間話 せ けんばなし	世上 せ じょう	世間 せ けん			お世辞 お せ じ	世事 せ じ	
	世俗眼光			閒話、聊天	社會上	社會			恭維話	社會上的事	

- わたしの母は**手話**教室に通っています。（はは／きょうしつ／かよ）
- 彼は出世のためには**手段**を選びません。（かれ／しゅっせ／えら）
- 私は大好きな**歌手**のサインを**入手**しました。（わたし／だいす）

しゅ（左上）

手法	手段	手術
手法 しゅほう	手段 しゅだん	手術 しゅじゅつ
手動 しゅどう	しゅ	手工 しゅこう
手話 しゅわ	手記 しゅき	手芸 しゅげい

左：手動　右：握手／手工
下：手語／手記、手札／手藝

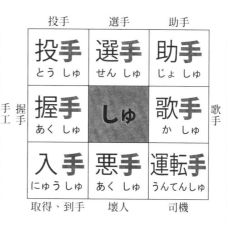

しゅ（右上）

投手	選手	助手
投手 とうしゅ	選手 せんしゅ	助手 じょしゅ
握手 あくしゅ	しゅ	歌手 かしゅ
入手 にゅうしゅ	悪手 あくしゅ	運転手 うんてんしゅ

下：取得、到手／壞人／司機

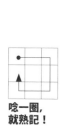

唸一圈，就熟記！

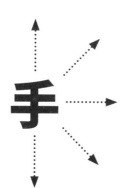

て（中央右）

手邊、身旁　記事本　布巾

手近 てぢか	手帳 てちょう	手拭 てぬぐい
手伝う てつだ	て	手配 てはい
お手洗い てあら	手本 てほん	手袋 てぶくろ

左：助手、幫忙　右：安排、準備
下：洗手間／範本／手套

た（左下）

限制　拉、追溯

手綱 たづな	手繰る たぐ
た	手向け たむ
	手折る たお

右：餞別
下：採折

て（中下）

對手、對方　空手道　郵票

相手 あいて	空手 からて	切手 きって
得手 えて	て	新手 しんて
勝手 かって	射手 いて	一手 いって

下：任意、隨便／弓箭手／獨占

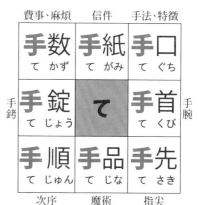

て（右下）

費事、麻煩　信件　手法、特徵

手数 てかず	手紙 てがみ	手口 てぐち
手錠 てじょう	て	手首 てくび
手順 てじゅん	手品 てじな	手先 てさき

左：手銬　右：手腕
下：次序／魔術／指尖

● 夏休みは地元の**奉仕**活動に参加しました。
● このマジックには種も**仕掛け**もありません。
● おなかがすいたので、急いで食事の**仕度**をします。

仕

可參照學習書 P132

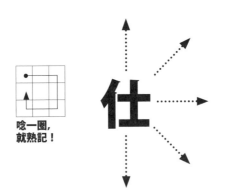

工作	準備、整装	方法、構造
仕事 しごと	仕度 したく	仕様 しよう
仕掛ける しか	し	仕儀 しぎ
仕掛け しか	仕方 しかた	仕業 しわざ
製作中、装置	方法	行為

開始、安装 ／ 結果、地歩

做完、完成	結構、安排	訓練、採購
仕上げる しあ	仕組む しく	仕込み しこ
仕立てる した	し	仕出し しだ
仕上がる しあ	仕切る しき	仕上げ しあ
做完、完成	隔開、結算	做完、完成

製作、教育 ／ 外送

唸一圈，就熟記！

買進、採購	採購、進貨
仕入れ しい	仕入れる しい
し	

服侍、服務	
仕える つか	
つか	

雑務	分隔板
給仕 きゅうじ	中仕切り なかじき
じ	

出任官職	搬運工
出仕 しゅっし	仲仕 なかし
し	奉仕 ほうし

効勞、服務

● 博物館には**実物**大の恐竜の模型があります。

● 彼の言っていることは、**事実**と異なります。

● **実は**、わたしより妻のほうが稼いでいます。

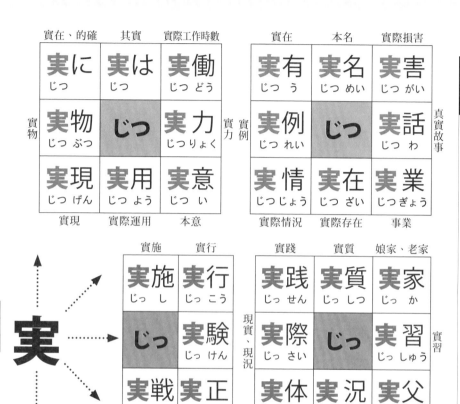

唸一圈，就熟記！

實在、的確	其實	實際工作時數
実に じっ に	実は じっ	実働 じつ どう
実物 じつ ぶつ	じっ	実力 じつ りょく
実現 じつ げん	実用 じつ よう	実意 じつ い
實現	實際運用	本意

實物 / 實力、實例

實在	本名	實際損害
実有 じつ う	実名 じつ めい	実害 じつ がい
実例 じつ れい	じっ	実話 じつ わ
実情 じつ じょう	実在 じつ ざい	実業 じつ ぎょう
實際情況	實際存在	事業

真實故事

實施	實行
実施 じっ し	実行 じっ こう
じっ	実験 じっ けん
実戦 じっ せん	実正 じっ しょう
實戰	確實

實踐	實質	娘家、老家
実践 じっ せん	実質 じっ しつ	実家 じっ か
実際 じっ さい	じっ	実習 じっ しゅう
実体 じっ たい	実況 じっ きょう	実父 じっ ぷ
實體	實際情形	親生父親

現實、現況 / 實習

結果實、有成果	結果、成果
実る みの	実り みの
みの	

果實、內容	成果、收入
実 み	実入り みい
み	

誠實	結果實	果實
誠実 せい じつ	結実 けつ じつ	果実 か じつ
事実 じ じつ	じっ	真実 しん じつ
確実 かく じつ	口実 こう じつ	充実 じゅう じつ
確實	藉口	充實

事實 / 真實

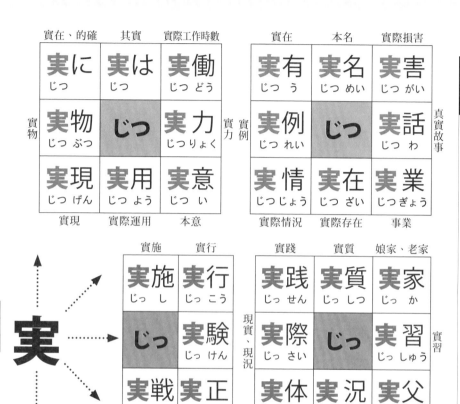

実

可參照學習書 P1134

67

● ここにあなたの名前と生年月日を書いてください。
（なまえ）（か）

● 誕生日プレゼントに時計をもらいました。
（とけい）

● 仕事の後、生ビールを一気飲みしました。
（しごと）（あと）（いっきの）

生

(1)

唸一圈，就熟記！

生存	生活	生理
生存 せいぞん	生活 せいかつ	生理 せいり
生化 せいか	せい	生命 せいめい
生気 せいき	生物 せいぶつ	生死 せいし
朝氣	生物	生死

生化 / 生命

生計	生長	出生地
生計 せいけい	生長 せいちょう	生地 せいち
生殖 せいしょく	せい	生産 せいさん
生育 せいいく	生徒 せいと	生年月日 せいねんがっぴ
生育	學生	出生年月日

生殖 / 生產

學生	播放	發生
学生 がくせい	再生 さいせい	発生 はっせい
女生 じょせい	せい	先生 せんせい
出生 しゅっせい	人生 じんせい	男生 だんせい
（人）出生	人生	男學生

女學生 / 老師、醫生、律師

腥味的	自大的	指甲
生臭い なまぐさ	生意気 なまいき	生爪 なまづめ
生ビール なま	なま	生半尺 なまはんじゃく
生々しい なまなま	生温い なまぬる	生半可 なまはんか
新的、生動的	微温的	不徹底

生啤酒 / 馬馬虎虎

生的、新鮮的	活的樹	生米
生 なま	生木 なまき	生米 なまごめ
生演奏 なまえんそう	なま	生卵 なまたまご
生番組 なまばんぐみ	生中継 なまちゅうけい	生物 なまもの
現場節目	現場轉播	生鮮食物

現場演奏 / 生蛋

● コンサートで**生**演奏を聞きました。（き）

● 校庭には**芝生**が青々と**生え**ています。（こうてい・あおあお）

● サンタクロースは白いひげを**生やし**ています。（しろ）

可參照學習書 P136

生

活著、誕生	生活方式	使生存、挿花
生きる（い）	生き方（い かた）	生ける（い）
生き字引（い じびき）	い	生け花（い ばな）〈挿花〉
生き生きと（い い）	生き物（い もの）	生かす
活生生	生物	留活命

（萬事通、活字典）

出生、出身	出生、出産
生まれ（う）	生まれる（う）
う	生み出す（う だ）
生む（う）	生みの親（う おや）
生、産生	親生父母、發明人

（生、産生）

衣料、質地	生絲
生地（きじ）	生糸（きいと）
き	生蕎麦（きそば）〈純蕎麦〉
生薬屋（きぐすりや）	生酒（きざけ）
中藥房	純酒

（生、產生）

(2)

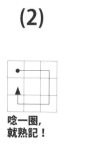

唸一圈、就熟記！

生

一生、畢生	生長、發生
生涯（しょうがい）	生じる（しょう）
しょう	

學生舊稱	畜生
学生（がくしょう）	畜生（ちくしょう）
しょう	一生（いっしょう）〈一生〉

使生長	生、長
生やす（は）	生える（は）
は	

殘生	草木叢生
生い先（おさき）	生い茂る（お しげ）
お	生い立ち（お た）〈成長〉

今生	養生
今生（こんじょう）	養生（ようじょう）
じょう	誕生日（たんじょうび）〈生日〉

特殊發音 芝**生**（しばふ）（草地、草坪）・弥**生**（やよい）（農暦三月）・**生**粋（きっすい）（純粋）

- **用事**を思い出したので、先に帰ります。
  （おも）（だ）（さき）（かえ）
- 遠足は学校**行事**の中でいちばん人気があります。
  （えんそく）（がっこう）（なか）（にんき）
- **何事**も続ける**事**が大切です。
  （つづ）（たいせつ）

唸一圈，就熟記！

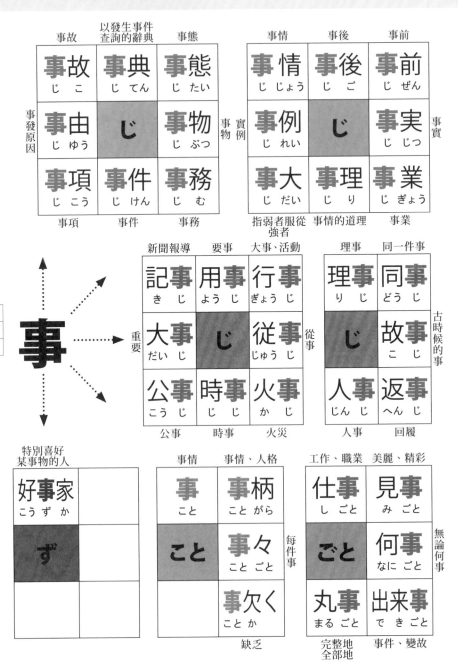

事故 じこ	以發生事件查詢的辭典 事典 じてん	事態 じたい
事發原因 事由 じゆう	じ	事物 じぶつ
事項 じこう	事件 じけん	事務 じむ

事情 じじょう	事後 じご	事前 じぜん
事例 じれい	じ	事實 事実 じじつ
指弱者服從強者 事大 じだい	事情的道理 事理 じり	事業 事業 じぎょう

新聞報導 記事 きじ	要事 用事 ようじ	大事、活動 行事 ぎょうじ
重要 大事 だいじ	じ	從事 従事 じゅうじ
公事 こうじ	時事 じじ	火災 火事 かじ

理事 りじ	同一件事 同事 どうじ
じ	古時候的事 故事 こじ
人事 じんじ	回履 返事 へんじ

特別喜好某事物的人 好事家 こうずか	
ず	

事 こと	事情、人格 事柄 ことがら
こと	每件事 事々 ことごと
	缺乏 事欠く ことか

工作、職業 仕事 しごと	美麗、精彩 見事 みごと
ごと	無論何事 何事 なにごと
完整地全部地 丸事 まるごと	事件、變故 出来事 できごと

● 今月（こんげつ）の家計（かけい）は**食費**が高（たか）いです。

● この 薬（くすり）は**食後**に飲（の）んでください。

● **夜食**を**食べる**と太（ふと）りますよ。

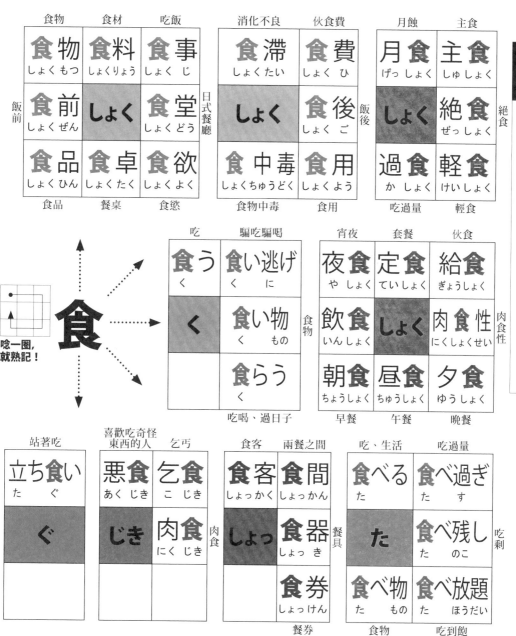

食物

食材		吃飯
食物 しょくもつ	食料 しょくりょう	食事 しょく　じ

飯前		日式餐廳
食前 しょくぜん	しょく	食堂 しょくどう

食品	餐桌	食慾
食品 しょくひん	食卓 しょくたく	食欲 しょくよく

消化不良 / 伙食費

食滞 しょくたい	食費 しょく　ひ
しょく	食後 しょく　ご
食中毒 しょくちゅうどく	食用 しょくよう

食物中毒 / 食用 / 飯後

月蝕 / 主食 / 絶食

月食 げっしょく	主食 しゅしょく
しょく	絶食 ぜっしょく
過食 か　しょく	軽食 けいしょく

吃過量 / 輕食

食
可參照學習書 P142
71

吃 / 騙吃騙喝

食う く	食い逃げ く　　に
く	食い物 く　　もの
	食らう く

吃喝、過日子 / 食物

宵夜 / 套餐 / 伙食

夜食 や　しょく	定食 ていしょく	給食 ぎょうしょく
飲食 いんしょく	しょく	肉食性 にくしょくせい
朝食 ちょうしょく	昼食 ちゅうしょく	夕食 ゆうしょく

早餐 / 午餐 / 晚餐 / 肉食性

唸一圈，就熟記！

站著吃

立ち食い た　　ぐ
ぐ

喜歡吃奇怪東西的人 / 乞丐

悪食 あくじき	乞食 こじき
じき	肉食 にくじき

肉食

食客 / 兩餐之間

食客 しょっかく	食間 しょっかん
しょっ	食器 しょっき
	食券 しょっけん

餐券 / 餐具

吃、生活 / 吃過量

食べる た	食べ過ぎ た　　す
た	食べ残し た　　のこ
食べ物 た　　もの	食べ放題 た　　ほうだい

食物 / 吃到飽 / 吃剩

- わたしの飼_かっている猫_{ねこ}はとても**神経質**です。
- 宝_{たから}くじが当たるように、**神頼み**しました。
- 彼_{かれ}のタイピングは**神業**です。

神聖	神父	神明
神聖 しん せい	神父 しん ぶ	神明 しん めい
神秘 しん ぴ	しん	神経質 しんけいしつ
神前 しん ぜん	神話 しん わ	神道 しん とう
神明面前	神話	神道教

神祕　神經質

精神	守護武士的 神明	技術高超
精神 せい しん	武神 ぶ しん	入神 にゅうしん
	しん	失神 しっ しん
阪神 はん しん	魔神 ま しん	鬼神 き しん
大阪和神戸	魔神	鬼神

失去意識、昏迷

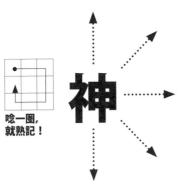

唸一圈，就熟記！

神、上帝	死神
神々 かみ がみ	死神 しに がみ
がみ	女神 め がみ
	貧乏神 びんぼうがみ
	窮神

女神

神、上帝	神、上帝
神 かみ	神様 かみ さま
かみ	神頼み かみだの
神棚 かみ だな	神業 かみ わざ
神龕	神乎其技、神蹟

向神明祈求

地名	莊嚴
神戸 こう べ	神々しい こうごう
こう	

祠官、主祭	地名、姓名
神主 かん ぬし	神田 かん だ
かん	

神社	明治神宮
神社 じん じゃ	明治神宮 めい じ じんぐう
じん	祭神 さい じん
	天神 てん じん
	天神

祭神

特殊發音 **お酒神**_{みき}（祭神的酒） ・ **神楽**_{かぐら}（祭神的音樂） ・ **神奈川県**_{かながわけん}（地名）

- わたしは**素人**ですから、他（ほか）の**人**に聞（き）いてください。
- アメリカは**人種**のるつぼと呼ばれています。
- **日本人**は政治（せいじ）にあまり関心（かんしん）がありません。

人材	人格	人口	人文	人事費	人員	個人	招募員工	美人
人材 じん ざい	人格 じん かく	人口 じん こう	人文 じん ぶん	人件費 じん けん ひ	人員 じん いん	個人 こ じん	求人 きゅうじん	美人 び じん
人物 じん ぶつ	**じん**	人工 じん こう	人命 じん めい	**じん**	人生 じん せい	現代人 げんだいじん	**じん**	老人 ろう じん
人体 じん たい	人類 じん るい	人権 じん けん	人民 じん みん	人種 じん しゅ	人事 じん じ	芸能人 げいのうじん	中国人 ちゅうごくじん	日本人 に ほんじん
人體	人類	人權	人民	人種	人事	藝人	中國人	日本人

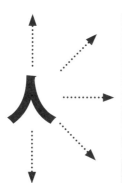

唸一圈，
就熟記！

	人類	受歡迎	保證人	管理人	發起人、負責人
	人間 にん げん	人気 にん き	保証人 ほしょうにん	管理人 かんりにん	世話人 せ わ にん
	にん	人数 にん ずう	他人 た にん	**にん**	犯人 はん にん
	人形 にんぎょう	人参 にん じん	売人 ばい にん	悪人 あく にん	病人 びょうにん
	玩偶	紅蘿蔔	商人	惡人	病人

村人	旅人	行人來往	人緣	交際	人手、幫助	人品、為人	他人面前
村人 むらびと	旅人 たびびと	人通り ひとどお	人受け ひとう	人付合い ひとづきあ	人手 ひと で	人柄 ひと がら	人前 ひと まえ
びと		人込み ひとご	**ひと**	人見知り ひとみし	人 ひと	**ひと**	人目 ひと め
		人助け ひとだす	人嫌い ひとぎら	人違い ひとちが	人任せ ひとまか	人気 ひと け	人々 ひと びと
		助人	不愛交際	認錯人	委託別人	人的氣息	人們、每個人

人潮

（小孩）怕生

他人眼光

特殊發音 大**人**（成人）・玄**人**（行家）・素**人**（外行人）・若**人**（年輕人）・仲**人**（媒人）

おとな ・ くろうと ・ しろうと ・ わこうど ・ なこうど

● 週末、海に行って**日焼け**しました。
（しゅうまつ　うみ　い）

● 毎週 **月曜日**の朝は、みんな憂鬱です。
（まいしゅう　あさ　ゆううつ）

● **昨日**、オバマ大統領が**来日**しました。
（だいとうりょう）

日

74

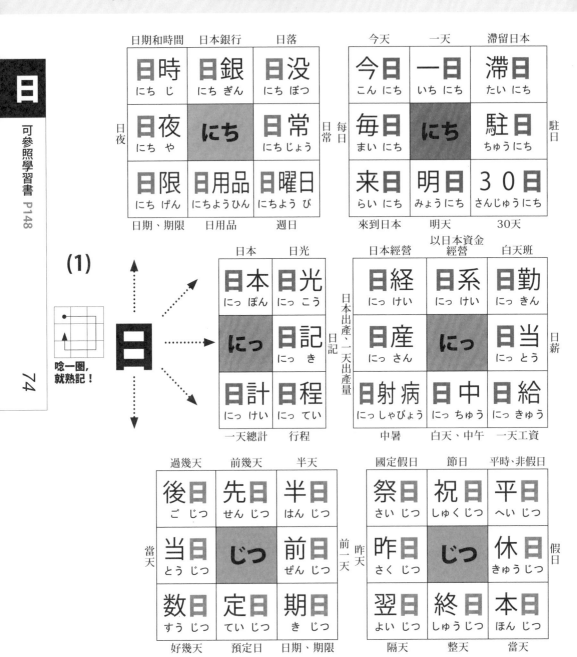

(1)

唸一圈，就熟記！

日期和時間	日本銀行	日落
日時 にちじ	日銀 にちぎん	日没 にちぼつ
日夜 にちや	にち	日常 にちじょう
日限 にちげん	日用品 にちようひん	日曜日 にちようび
日期、期限	日用品	週日

日夜　日常　毎日

今天	一天	滯留日本
今日 こんにち	一日 いちにち	滯日 たいにち
毎日 まいにち	にち	駐日 ちゅうにち
来日 らいにち	明日 みょうにち	30日 さんじゅうにち
來到日本	明天	30天

駐日

日本	日光
日本 にっぽん	日光 にっこう
にっ	日記 にっき
日計 にっけい	日程 にってい
一天總計	行程

日記

日本經營	以日本資金經營	白天班
日経 にっけい	日系 にっけい	日勤 にっきん
日産 にっさん	にっ	日当 にっとう
日射病 にっしゃびょう	日中 にっちゅう	日給 にっきゅう
中暑	白天、中午	一天工資

日本出產、一天出產量

日薪

過幾天	前幾天	半天
後日 ごじつ	先日 せんじつ	半日 はんじつ
当日 とうじつ	じっ	前日 ぜんじつ
数日 すうじつ	定日 ていじつ	期日 きじつ
好幾天	預定日	日期、期限

當天　前一天

國定假日	節日	平時、非假日
祭日 さいじつ	祝日 しゅくじつ	平日 へいじつ
昨日 さくじつ	じっ	休日 きゅうじつ
翌日 よいじつ	終日 しゅうじつ	本日 ほんじつ
隔天	整天	當天

昨天　假日

- パーティーの**日時**と場所をご確認ください。
- **毎日**、娘の**日記**帳をチェックしています。
- **明日**の**日中**に荷物をお届けします。

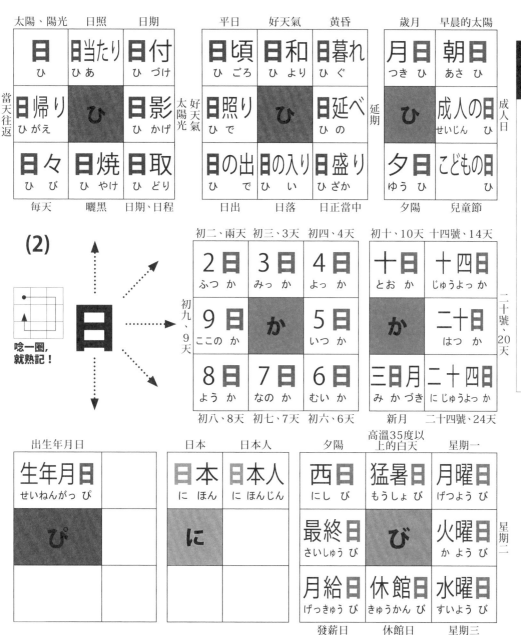

太陽、陽光｜日照｜日期

日 ひ	日当たり ひ あ	日付 ひ づけ
日帰り ひ がえ	ひ	日影 ひ かげ
日々 ひ び	日焼 ひ やけ	日取 ひ どり

當天往返　　　毎天　曬黑　日期、日程

平日｜好天氣｜黄昏

日頃 ひ ごろ	日和 ひ より	日暮れ ひ ぐ
日照り ひ で	ひ	日延べ ひ の
日の出 ひ で	日の入り ひ い	日盛り ひ ざか

好天氣 太陽光　延期　　　日出　日落　日正當中

歳月｜早晨的太陽

月日 つき ひ	朝日 あさ ひ
ひ	成人の日 せいじん ひ
夕日 ゆう ひ	こどもの日 ひ

成人日　　　夕陽　兒童節

可參照學習書 P148

日

75

(2)

唸一圈，就熟記！

初二、兩天｜初三、3天｜初四、4天

2日 ふつ か	3日 みっ か	4日 よっ か
9日 ここの か	か	5日 いつ か
8日 よう か	7日 なの か	6日 むい か

初九、9天　　初八、8天　初七、7天　初六、6天

初十、10天｜十四號、14天

十日 とお か	十四日 じゅうよっか
か	二十日 はつ か
三日月 み かづき	二十四日 にじゅうよっか

二十號、20天　　新月　二十四號、24天

出生年月日

生年月日 せいねんがっ ぴ	
ぴ	

日本｜日本人

日本 に ほん	日本人 に ほんじん
に	

夕陽｜高溫35度以上的白天｜星期一

西日 にし び	猛暑日 もうしょ び	月曜日 げつよう び
最終日 さいしゅう び	び	火曜日 か よう び
月給日 げっきゅう び	休館日 きゅうかん び	水曜日 すいよう び

發薪日　　休館日　星期三

星期二

特殊發音 ついたち 一日（初一）・あさって 明後日（後天）・きょう 今日（今天）・きのう 昨日（昨天）・あした 明日（明天）

● わたしの会社では、 新しい機械を導入しました。
かいしゃ / あたら / きかい

● 息子の絵は絵画コンクールで入選しました。
むすこ / え / かいが

● 入会するためには、 申込書を記入してください。
もうしこみしょ

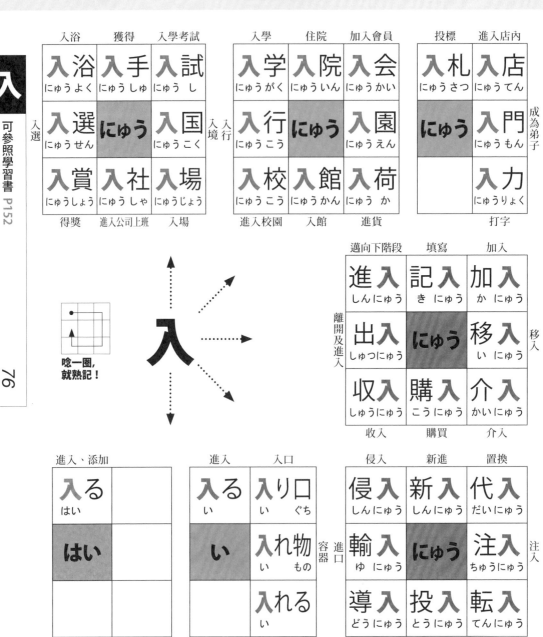

可參照學習書 P152

入

入浴 にゅうよく（入浴）
入手 にゅうしゅ（獲得）
入試 にゅうし（入學考試）
入選 にゅうせん
にゅう
入国 にゅうこく
入賞 にゅうしょう（得獎）
入社 にゅうしゃ（進入公司上班）
入場 にゅうじょう（入場）

入選 / 入境 / 入行

入学 にゅうがく（入學）
入院 にゅういん（住院）
入会 にゅうかい（加入會員）
入行 にゅうこう
にゅう
入園 にゅうえん
入校 にゅうこう（進入校園）
入館 にゅうかん（入館）
入荷 にゅうか（進貨）

入札 にゅうさつ（投標）
入店 にゅうてん（進入店內）
にゅう
入門 にゅうもん（成為弟子）
入力 にゅうりょく（打字）

進入 しんにゅう（邁向下階段）
記入 きにゅう（填寫）
加入 かにゅう（加入）
出入 しゅつにゅう
にゅう
移入 いにゅう
収入 しゅうにゅう（收入）
購入 こうにゅう（購買）
介入 かいにゅう（介入）

離開及進入 / 移入

唸一圈，就熟記！

入る はい（進入、添加）
はい

入る い（進入）
入り口 いりぐち（入口）
い
入れ物 いれもの（容器）
入れる いれる（放進、裝入）

進口

侵入 しんにゅう（侵入）
新入 しんにゅう（新進）
代入 だいにゅう（置換）
輸入 ゆにゅう
にゅう
注入 ちゅうにゅう
導入 どうにゅう（導入）
投入 とうにゅう（投入）
転入 てんにゅう（從外地搬來）

注入

- 週末はいつも**自宅**でゆっくり過ごします。
- わたしたちは最初に、**自己**紹介をしました。
- コップは**各自**で持参してください。

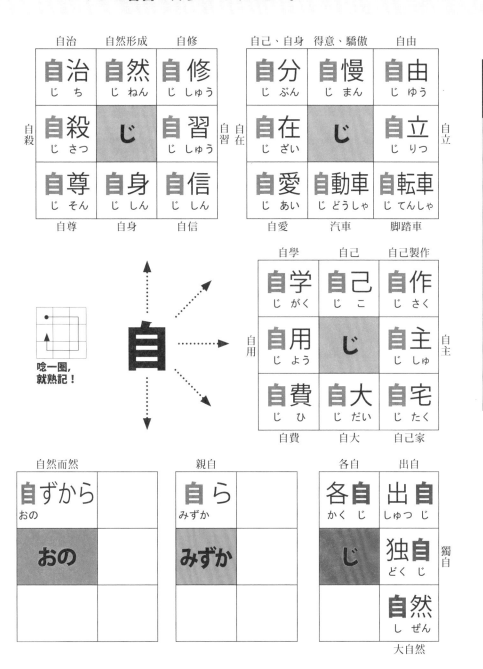

自治　自然形成　自修

自治 じち	自然 じねん	自修 じしゅう
自殺 じさつ	じ	自習 じしゅう
自尊 じそん	自身 じしん	自信 じしん

自殺　　　　　　自習

自尊　　自身　　自信

自己、自身　得意、驕傲　自由

自分 じぶん	自慢 じまん	自由 じゆう
自在 じざい	じ	自立 じりつ
自愛 じあい	自動車 じどうしゃ	自転車 じてんしゃ

自在　　　　　　自立

自愛　　汽車　　脚踏車

自

可參照學習書 P154

77

唸一圈，就熟記！

自

自學　　自己　　自己製作

自学 じがく	自己 じこ	自作 じさく
自用 じょう	じ	自主 じしゅ
自費 じひ	自大 じだい	自宅 じたく

自用　　　　　　自主

自費　　自大　　自己家

自然而然

自ずから おの	
おの	

親自

自ら みずか	
みずか	

各自　　出自

各自 かくじ	出自 しゅつじ
じ	独自 どくじ
	自然 しぜん

獨自

大自然

● 昨日、高校の同級生と十年ぶりに**再会**しました。
（きのう　こうこう　どうきゅうせい　じゅうねん）

● 今年の選挙では、現職の市長が**再選**しました。
（ことし　せんきょ　げんしょく　しちょう）

● あのようなミスが**再発**しないよう、気をつけます。
（き）

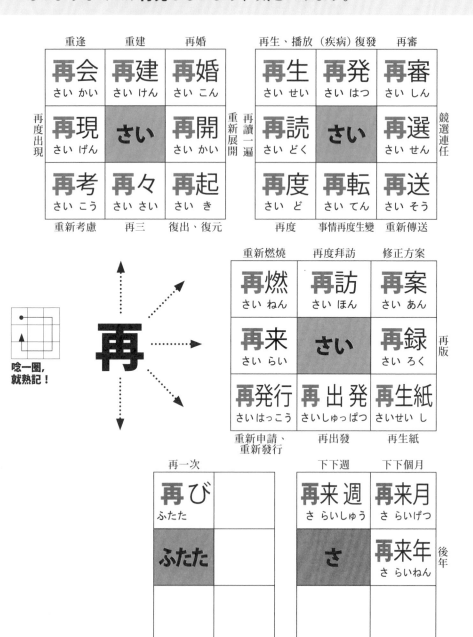

再

可参照学習書 P156

78

重逢	重建	再婚
再会 さい かい	再建 さい けん	再婚 さい こん
再現 さい げん	さい	再開 さい かい
再考 さい こう	再々 さい さい	再起 さい き
重新考慮	再三	復出、復元

再度出現（左）
重新展開（右）

再生、播放　（疾病）復發		再審
再生 さい せい	再発 さい はつ	再審 さい しん
再読 さい どく	さい	再選 さい せん
再度 さい ど	再転 さい てん	再送 さい そう
再度	事情再度生變	重新傳送

再讀一遍（左）
競選連任（右）

唸一圈，就熟記！

重新燃燒	再度拜訪	修正方案
再燃 さい ねん	再訪 さい ほん	再案 さい あん
再来 さい らい	さい	再録 さい ろく
再発行 さいはっこう	再出発 さいしゅっぱつ	再生紙 さいせい し
重新申請、 重新發行	再出發	再生紙

再版

再一次	
再び ふたた	
ふたた	

下下週	下下個月
再来週 さ らいしゅう	再来月 さ らいげつ
さ	再来年 さ らいねん

後年

- となりの家(いえ)の犬(いぬ)は**早朝**からうるさいです。
- 急(いそ)いでいますから、**早急**に連絡(れんらく)してください。
- 子供(こども)は**早寝早起き**の習慣(しゅうかん)が大切(たいせつ)です。

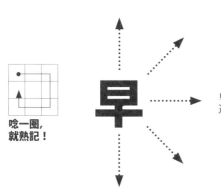

早的、快的	說得快	消息靈通
早い はや	早口 はや くち	早耳 はや みみ
早起き はや お（早起）	**はや**	早寝 はや ね（早睡）
早足 はや あし	早便 はや びん	早道 はや みち
走得快、快步	早班飛機	捷徑

早退	表格
早引け はや び	早見表 はや み ひょう
はや	早まる はや（加快、著急）
早める はや	早口言葉 はやくちことば
提前	繞口令

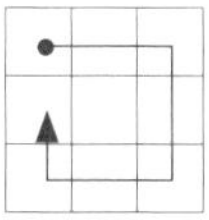
唸一圈，
就熟記！

早

初春	清晨	早熟
早春 そうしゅう	早朝 そうちょう	早熟 そうじゅく
早退 そう たい（早退）	**そう**	早期 そう き（早期）
早晩 そう ばん	早々 そう そう	早急 そうきゅう
總有一天	急忙、剛剛	火速

走得快	
足早 あし ばや	
ばや	

立刻	緊急、火急
早速 さっ そく	早急 さっ きゅう
さっ	

時間還早	
尚早 しょうそう	
そう	

特殊發音 **早稲田**(わせだ)

- **手作り**のクッキーを**作り**ました。
- ベートーヴェンは世界でいちばん有名な**作曲**家です。
- その古典**作品**の**作者**は誰かわかりません。

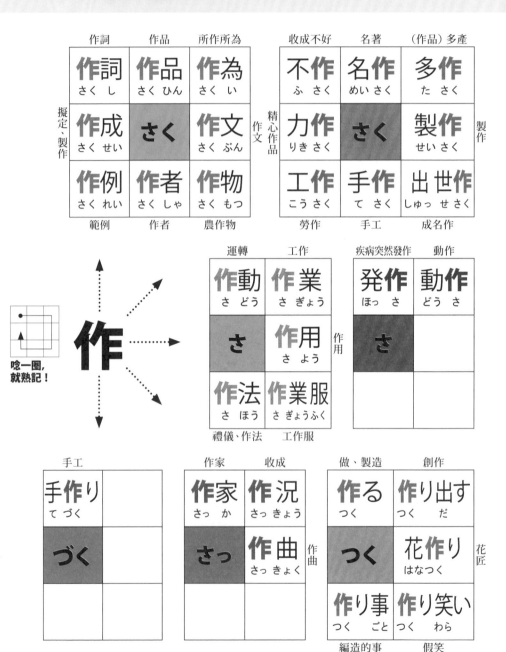

作詞	作品	所作所為
作詞 さく し	作品 さく ひん	作為 さく い
作成 さく せい	さく	作文 さく ぶん
作例 さく れい	作者 さく しゃ	作物 さく もつ
範例	作者	農作物

擬定、製作 / 作文

收成不好	名著	（作品）多產
不作 ふ さく	名作 めい さく	多作 た さく
力作 りき さく	さく	製作 せい さく
工作 こう さく	手作 て さく	出世作 しゅっ せ さく
勞作	手工	成名作

精心作品 / 製作

唸一圈，就熟記！

運轉	工作
作動 さ どう	作業 さ ぎょう
さ	作用 さ よう
作法 さ ほう	作業服 さ ぎょうふく
禮儀、作法	工作服

作用

疾病突然發作	動作
発作 ほっ さ	動作 どう さ
さ	

手工	
手作り て づく	
づく	

作家	收成
作家 さっ か	作況 さっきょう
さっ	作曲 さっきょく

作曲

做、製造	創作
作る つく	作り出す つく だ
つく	花作り はなつく
作り事 つく ごと	作り笑い つく わら
編造的事	假笑

花匠

● 梅の花が咲いています。春の**足音**が聞こえました。
　（うめ　はな　さ　　　はる　あしおと　き）

● 私は子供の時、**足し算**や引き算が苦手でした。
　（わたし　こども　とき　　あし　ざん　ひ　ざん　にがて）

● **遠足**で歩きすぎたので、**両足**が痛いです。
　（えんそく　ある　　　　　　　りょうあし　いた）

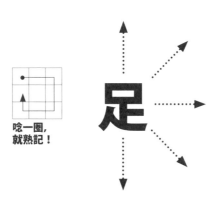

脚	脚歩聲	脚歩快
足 あし	足音 あし おと	足早 あし ばや
足代 あし だい	あし	足首 あし くび
足駄 あし だ	足下 あし もと	足元 あし もと

交通費 — 脚踝
木屐　脚下、脚邊　脚下、身邊

線索	
足掛かり あし がかり	
あし	

唸一圈，就熟記！

足

右脚	一步
右足 みぎ あし	一足 ひと あし
あし	両足 りょう あし

兩脚

足夠、值得	增加、補充
足る た	足す た
た	足りる た
足し算 た ざん	足袋 た び

足夠、值得 — 不足
加法　日式襪子

穿著鞋	補充	滿足
土足 ど そく	補足 ほ そく	満足 まん そく
不足 ふ そく	そく	禁足 きん そく
下足 げ そく	遠足 えん そく	蛇足 だ そく

禁足
脱鞋子　遠足　畫蛇添足

- **顔色**（わる）が悪いですから、休（やす）んだほうがいいですよ。
- 服（ふく）を洗濯（せんたく）したら、**色落ち**しました。
- この食（た）べ物（もの）は**着色**料（りょう）が入（はい）っていません。

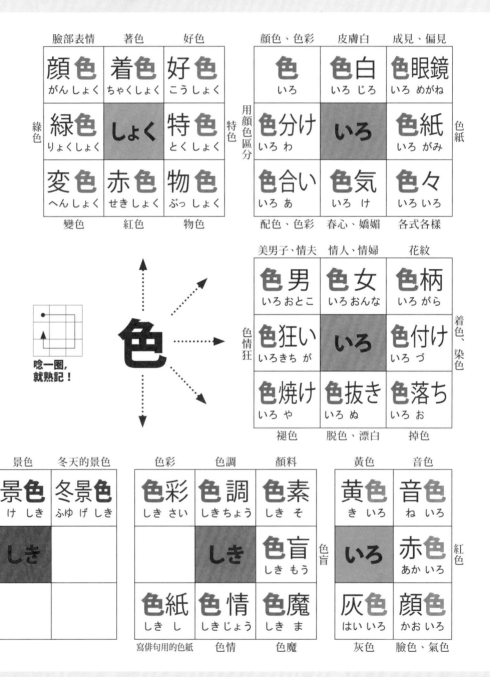

臉部表情	著色	好色
顔色 がんしょく	着色 ちゃくしょく	好色 こうしょく
緑色 りょくしょく	しょく	特色 とくしょく
変色 へんしょく	赤色 せきしょく	物色 ぶっしょく
變色	紅色	物色

左側欄: 緑色 / 特色

顔色、色彩	皮膚白	成見、偏見
色 いろ	色白 いろじろ	色眼鏡 いろめがね
色分け いろわ	いろ	色紙 いろがみ
色合い いろあ	色気 いろけ	色々 いろいろ
配色、色彩	春心、嬌媚	各式各樣

欄: 用顔色區分 / 色紙

唸一圈，就熟記！

色

欄: 色情狂 / 着色、染色

美男子、情夫	情人、情婦	花紋
色男 いろおとこ	色女 いろおんな	色柄 いろがら
色狂い いろきちが	いろ	色付け いろづ
色焼け いろや	色抜き いろぬ	色落ち いろお
褪色	脱色、漂白	掉色

景色	冬天的景色
景色 けしき	冬景色 ふゆげしき
しき	

色彩	色調	顔料
色彩 しきさい	色調 しきちょう	色素 しきそ
しき	色盲 しきもう	
色紙 しきし	色情 しきじょう	色魔 しきま
寫俳句用的色紙	色情	色魔

欄: 色盲

黄色	音色
黄色 きいろ	音色 ねいろ
いろ	赤色 あかいろ
灰色 はいいろ	顔色 かおいろ
灰色	臉色、氣色

欄: 紅色

● あの2つの事件の犯人は同一人物です。
（じけん　はんにん　／　じんぶつ）

● 一流の大企業に就職したいです。
（だいきぎょう　しゅうしょく）

● 一体誰がこんな落書きをしたのですか。
（だれ　／　らくが）

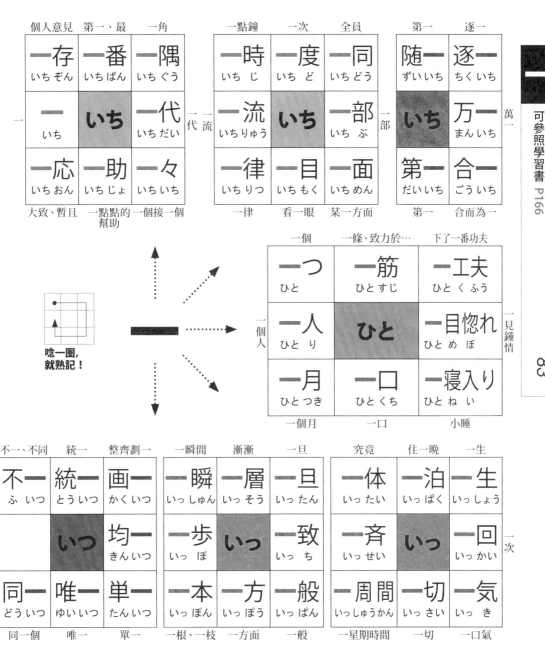

一（いち）

個人意見	第一、最	一角
一存 いちぞん	一番 いちばん	一隅 いちぐう
一 いち	いち	一代 いちだい
一応 いちおん	一助 いちじょ	一々 いちいち
大致、暫且	一點點的 幫助	一個接一個

（一代・一流）

一點鐘	一次	全員
一時 いちじ	一度 いちど	一同 いちどう
一流 いちりゅう	いち	一部 いちぶ
一律 いちりつ	一目 いちもく	一面 いちめん
一律	看一眼	某一方面

（一部）

第一	逐一
随一 ずいいち	逐一 ちくいち
いち	万一 まんいち
第一 だいいち	合一 ごういち
第一	合而為一

（萬一）

唸一圈，就熟記！

一（ひと）

一個	一條、致力於…	下了一番功夫
一つ ひと	一筋 ひとすじ	一工夫 ひとくふう
一人 ひとり	ひと	一目惚れ ひとめぼ
一月 ひとつき	一口 ひとくち	一寝入り ひとねい
一個月	一口	小睡

（一個人・一見鍾情）

一（いつ）

不一、不同	統一	整齊劃一
不一 ふいつ	統一 とういつ	画一 かくいつ
	いつ	均一 きんいつ
同一 どういつ	唯一 ゆいいつ	単一 たんいつ
同一個	唯一	單一

一（いっ）

一瞬間	漸漸	一旦
一瞬 いっしゅん	一層 いっそう	一旦 いったん
一歩 いっぽ	いっ	一致 いっち
一本 いっぽん	一方 いっぽう	一般 いっぱん
一根、一枝	一方面	一般

究竟	住一晚	一生
一体 いったい	一泊 いっぱく	一生 いっしょう
一斉 いっせい	いっ	一回 いっかい
一周間 いっしゅうかん	一切 いっさい	一気 いっき
一星期時間	一切	一口氣

（一次）

可參照學習書 P168

● タバコの 煙 には**有害**な物質が含まれています。
けむり　　　ぶっしつ　ふく

● メンバーズカードは今年いっぱい**有効**です。
ことし

● ここは**私有**地ですから、立ち入り禁止です。
ち　　　　　　　　　　たい　きんし

有

有毒	有害	有益
有毒 ゆう どく	有害 ゆう がい	有益 ゆう えき
有効 ゆう こう	ゆう	有力 ゆうりょく
有名 ゆう めい	有料 ゆうりょう	有利 ゆう り
有名	收費	有利

有効
有力

有機	有用、有益	有線
有機 ゆう き	有用 ゆう よう	有線 ゆう せん
有能 ゆう のう	ゆう	有給 ゆうきゅう
有限 ゆう げん	有司 ゆう し	有配 ゆう はい
有限	官員	有紅利

有才能
有力
有給薪

唸一圈，
就熟記！

有意義	有形	有罪
有意 ゆう い	有形 ゆう けい	有罪 ゆう ざい
有数 ゆう すう	ゆう	有志 ゆう し
有史以来 ゆうし いらい	有識者 ゆうしきしゃ	有事 ゆう じ
有史以來	有見識的人	非常時期

優秀、頂尖
有興趣的人

歡天喜地	有没有
有頂天 う ちょうてん	有無 う む
う	

有	有很多
有る あ	有り余る あ あま
あ	有り得る あ え
有り金 あ がね	有り難い あ がた
現有的錢	感謝、幸運

可能有

固有	共有	私有
固有 こ ゆう	共有 きょうゆう	私有 し ゆう
保有 ほ ゆう	ゆう	所有 しょゆう
特有 とく ゆう	専有 せん ゆう	国有 こく ゆう
特有	専有	國有

保有
所有

- あなたの**助言**でわたしは元気（げんき）になりました。
- 今日（きょう）の感想（かんそう）を**一言**で**言**い表してください。
- 中田（なかた）さんはいつも**独り言**を**言**っています。

言行舉止	言行舉止	諾言
言行 げんこう	言動 げんどう	言質 げんち
言論 げんろん	**げん**	言語 げんご
言明 げんめい	言及 げんきゅう	言外 げんがい
表明	説到	言外之意

言論（左側）

忠告、建議	預言	證詞
助言 じょげん	予言 よげん	証言 しょうげん
不言 ふげん	**げん**	一言 いちげん
多言 たげん	俗言 ぞくげん	方言 ほうげん
多作説明	口語	方言

發言	格言	
発言 はっげん	格言 かくげん	
げん	宣言 せんげん	
名言 めいげん	断言 だんげん	
名言	斷定、斷言	

宣言（右側）

可參照學習書 P170

言

唸一圈，就熟記！

言

説中、猜中	辯解、道歉	主張、意見
言い当てる いあ	言い訳 いわけ	言い分 いぶん
言い出す いだ	**い**	言い値 いね
言い返す いかえ	言い表す いあらわ	言う い
反履説、頂嘴	表明	説、叫

説出口（左側）

能説	起口角
言える い	言い争う いあらそ
い	言い掛り いがか
言い難い いにく	言い違う いちが
不好開口	説錯

賣方出的價（中間）／藉口（右側）

語言、言詞	託人帶口信
言葉 ことば	言付ける ことつ
こと	言伝 ことづて
	一言 ひとこと
	簡短的話語、三言兩語

口信、傳聞（右側）

玩笑話	自言自語
戯言 たわごと	独り言 ひとごと
ごと	予言 かねごと
	寝言 ねごと
	夢話

先前約定的話（右側）

傳話、留言	口出惡言
伝言 でんごん	雑言 ぞうごん
ごん	遺言 ゆいごん
	重言 じゅうごん
	重覆同樣語詞

遺言（右側）

● 女性がひとりで**夜道**を歩くのは危険です。
<small>じょせい</small> <small>ある</small> <small>きけん</small>

● **昨夜**、疲れていましたが、よく眠れませんでした。
<small>つか</small> <small>ねむ</small>

● **夜中**までゲームをしてはいけません。

夜間	晚上、夜裡	夜班
夜間 やかん	夜分 やぶん	夜勤 やきん
夜景 やけい	や	夜食 やしょく
夜行 やこう	夜色 やしょく	夜雨 やう
夜間活動	夜色	夜晚下的雨

夜景 / 宵夜

暗夜	晝夜	昨天晚上
暗夜 あんや	昼夜 ちゅうや	昨夜 さくや
長夜 ちょうや	や	今夜 こんや
星夜 せいや	晴夜 せいや	静夜 せいや
有星星的夜晚	好天氣的晚上	安靜的夜晚

漫漫長夜 / 今天晚上

唸一圈，就熟記！

夜

一夜	許多個夜晚	深夜
一夜 いちや	千夜 せんや	深夜 しんや
除夜 じょや	や	白夜 びゃくや
初夜 しょや	前夜 ぜんや	日夜 にちや
新婚之夜	昨天晚上	日夜

除夕夜 / 永晝

晚上	日夜
夜 よる	夜昼 よるひる
よる	

每夜	有月亮的晚上
夜々 よよ	月夜 つきよ
よ	一夜妻 ひとよづま
一夜 ひとよ	一夜酒 ひとよざけ
一夜	甜酒釀

娼妓 / 夜風

夜市	夜路	天亮
夜店 よみせ	夜道 よみち	夜明け よあ
夜風 よかぜ	よ	夜遊び よあそ
夜中 よなか	夜番 よばん	夜更け よわ
半夜	夜班	深夜

夜遊

特殊發音 昨夜（昨天傍晚）
<small>ゆうべ</small>

- 吉田君はどんなに苦しくても**弱音**を吐きません。
- 誰かの**足音**が聞こえます。
- **騒音**がうるさくて、勉強に集中できません。

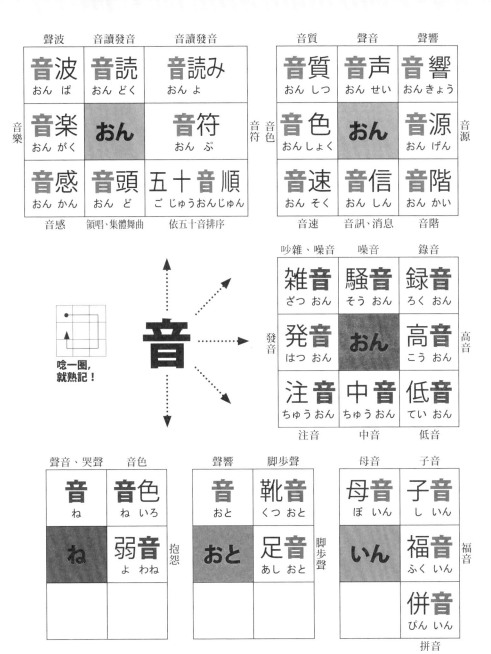

● 粗大ゴミの処理は**業者**に頼んでください。
そ だい　　しょり　　　　たの

● 貿易**業務**の経験がないと、わが社では 働 けません。
ぼうえき　　　　けいけん　　　　　　　　しゃ　　はたら

● **営業**時間は午前１０時から午後９時までです。
えいぎょう　　じかん　　ごぜんじゅうじ　　ごごくじ

可參照學習書　P176

業

業務	業者	企業家
業務 ぎょう む	業者 ぎょうしゃ	業主 ぎょうしゅ
	ぎょう	業間 ぎょうかん
	業界 ぎょうかい	業績 ぎょうせき
	業界	業績

工作的空檔

營業	自家經營的事業	課業
営業 えいぎょう	家業 か ぎょう	課業 か ぎょう
事業 じ ぎょう	**ぎょう**	工業 こうぎょう
授業 じゅぎょう	漁業 ぎょぎょう	学業 がくぎょう
上課	漁業	學業

事業　工業

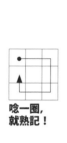

唸一圈，
就熟記！

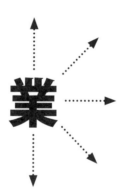

企業

職業	農業	畢業
職業 しょくぎょう	農業 のうぎょう	卒業 そつぎょう
企業 き ぎょう	**ぎょう**	商業 しょうぎょう
休業 きゅうぎょう	失業 しつぎょう	従業 じゅうぎょう
停止營業	失業	從事某職業

商業

雜技	手工業
軽業 かるわざ	手業 て わざ
わざ	異業 こと わざ
早業 はや わざ	神業 かみ わざ
神奇的技藝	神乎其技

轉行	同業
転業 てんぎょう	同業 どうぎょう
ぎょう	副業 ふくぎょう
本業 ほんぎょう	創業 そうぎょう
本行	創業

副業 專業

產業	作業	加班
産業 さんぎょう	作業 さ ぎょう	残業 ざんぎょう
専業 せんぎょう	**ぎょう**	実業 じつぎょう
終業 しゅうぎょう	修業 しゅぎょう	就業 しゅうぎょう
下班	完成學業	就業

實業

● 航空会社の書類はすべて**英文**です。
<ruby>航空会社<rt>こうくうがいしゃ</rt></ruby>の<ruby>書類<rt>しょるい</rt></ruby>はすべて**英文**です。

● **文学**作品はその国の**文化**を反映します。
文学<ruby>作品<rt>さくひん</rt></ruby>はその<ruby>国<rt>くに</rt></ruby>の**文化**を<ruby>反映<rt>はんえい</rt></ruby>します。

● 歴史家は多くの**文書**を使って**論文**を書きます。
<ruby>歴史家<rt>れきしか</rt></ruby>は<ruby>多<rt>おお</rt></ruby>くの**文書**を<ruby>使<rt>つか</rt></ruby>って**論文**を<ruby>書<rt>か</rt></ruby>きます。

文章、句子	文化	叢書
文 ぶん	文化 ぶんか	文庫 ぶんこ
文書 ぶんしょ	ぶん	文明 ぶんめい
文章 ぶんしょう	文型 ぶんけい	文献 ぶんけん
文章	句子架構	文獻

左側：文書、文明　右側（略）

文具	文體	文學
文房具 ぶんぼうぐ	文体 ぶんたい	文学 ぶんがく
文法 ぶんぽう	ぶん	文筆 ぶんぴつ
	文例 ぶんれい	文物 ぶんぶつ
	範文	文物

文法　文筆

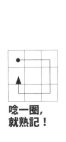

唸一圈，就熟記！

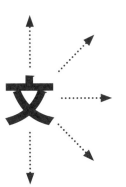

文

作文	論文	以日語寫的文章
作文 さくぶん	論文 ろんぶん	国文 こくぶん
英文 えいぶん	ぶん	原文 げんぶん
人文 じんぶん	本文 ほんぶん	古文 こぶん
人文	本文	日本古文

英文　原文

陰暦七月	書信、書籍
文月 ふみづき	文 ふみ
ふみ	

天文	一枚錢幣
天文 てんもん	一文 いちもん
もん	経文 きょうもん

經文　文字

日本的文部省	抱怨	文盲
文部省 もんぶしょう	文句 もんく	文盲 もんもう
文字 もんじ	もん	文書 もんじょ
	文無し もんな	文様 もんよう

一文不值　花紋、花様

文獻資料

特殊發音 頭<ruby>文字<rt>かしらもじ</rt></ruby>（英文開頭大寫字母）

- 私(わたし)の父(ちち)はとなり町(まち)の病院(びょういん)の**外科**医(い)です。
- 息子(むすこ)は**外資**系企業(けいぎぎょう)に就職(しゅうしょく)しました。
- お風呂(ふろ)に入(はい)る前(まえ)に、ピアスを**外**します。

外

外層	外出	外來	在外過夜	外側	外食	進口貨	外交部長
外層 がいそう	外出 がいしゅつ	外来 がいらい	外泊 がいはく	外側 がいそく	外食 がいしょく	外貨 がいか	外相 がいしょう
外向 がいこう	がい	外交 がいこう	外野 がいや	がい	外観 がいかん	がい	外部 がいぶ
外見 がいけん	外人 がいじん	外国 がいこく	外面 がいめん	外電 がいでん	外車 がいしゃ	外資 がいし	外遊 がいゆう
外表	外人	外國	外面	國外傳來的新聞	外來車輛	外資	國外旅遊

外部

唸一圈，就熟記！

意外	校外	郊外
意外 いがい	校外 こうがい	郊外 こうがい
例外 れいがい	がい	以外 いがい
案外 あんがい	海外 かいがい	紫外線 しがいせん
意外	國外	紫外線

例外　以外

其他	
外 ほか	
ほか	

取下、離開	脱落、不中
外す はず	外れる はず
はず	

異教、妖精	書名、劇目
外道 げどう	外題 げだい
げ	外科 げか
	外面 げめん
	外面

外科

外面、表面	外圍、對外
外 そと	外回り そとまわ
そと	外側 そとがわ
外堀 そとぼり	外股 そとまた
護城河	外八字

外側

● まず、色々**物色**してから、何を買うかを決めます。

● お店に**忘れ物**をしましたから、取りに行きます。

● **物忘れ**がひどくて、昨日食べた**物**も忘れました。

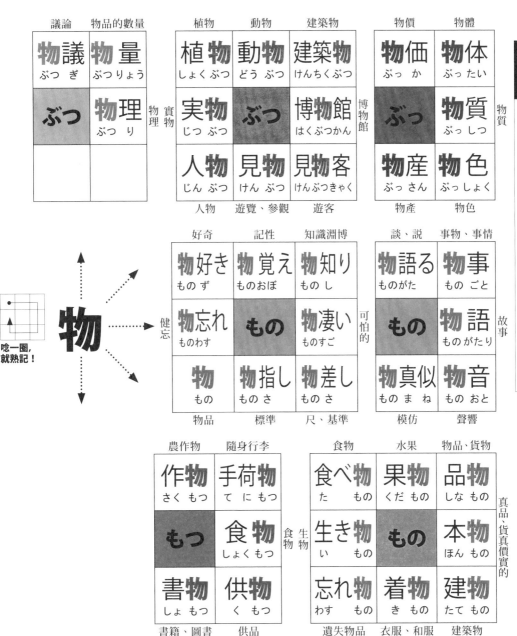

議論　物品的數量

物議 ぶつぎ	物量 ぶつりょう	
ぶつ	物理 ぶつり	物理／實物

植物　動物　建築物

植物 しょくぶつ	動物 どうぶつ	建築物 けんちくぶつ
実物 じつぶつ	ぶつ	博物館 はくぶつかん
人物 じんぶつ	見物 けんぶつ	見物客 けんぶつきゃく

博物館

人物　遊覽、參觀　遊客

物價　物體

物価 ぶっか	物体 ぶったい	
ぶつ	物質 ぶっしつ	物質
物産 ぶっさん	物色 ぶっしょく	

物産　物色

可參照學習書 P182

91

唸一圈，就熟記！

物

好奇　記性　知識淵博

物好き ものず	物覚え ものおぼ	物知り ものし
物忘れ ものわす	もの	物凄い ものすご
物 もの	物指し ものさ	物差し ものさ

健忘　可怕的

物品　標準　尺、基準

談、說　事物、事情

物語る ものがた	物事 ものごと
もの	物語 ものがたり
物真似 ものまね	物音 ものおと

故事

模仿　聲響

農作物　隨身行李

作物 さくもつ	手荷物 てにもつ
もつ	食物 しょくもつ
書物 しょもつ	供物 くもつ

食物／生物

書籍、圖書　供品

食物　水果　物品、貨物

食べ物 たもの	果物 くだもの	品物 しなもの
生き物 いもの	もの	本物 ほんもの
忘れ物 わすもの	着物 きもの	建物 たてもの

真品、貨真價實的

遺失物品　衣服、和服　建築物

● あなたの 収 入 は**月給**いくらですか。
しゅうにゅう

● 新 しいパソコンは**今月**末までに届きます。
あたら　　　　　　　　　　まつ　　とど

● 十 五夜の**満月**の夜にお**月見**をしました。
じゅうごや　　　よる

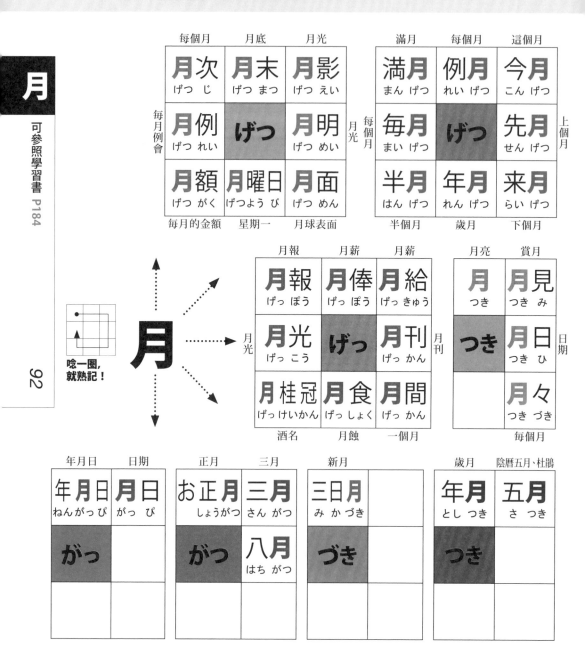

月

可參照學習書 P184

92

唸一圈，就熟記！

每個月	月底	月光		滿月	每個月	這個月
月次 げつ じ	月末 げつ まつ	月影 げつ えい		満月 まん げつ	例月 れい げつ	今月 こん げつ
月例 げつ れい	げつ	月明 げつ めい		毎月 まい げつ	げつ	先月 せん げつ
月額 げつ がく	月曜日 げつ よう び	月面 げつ めん		半月 はん げつ	年月 れん げつ	来月 らい げつ
每月例會		每月的金額 星期一 月球表面	月光	半個月	歲月	下個月 上個月

月報	月薪	月薪		月亮	賞月
月報 げっ ぽう	月俸 げっ ぽう	月給 げっ きゅう		月 つき	月見 つき み
月光 げっ こう	げっ	月刊 げっ かん		つき	月日 つき ひ
月桂冠 げっ けいかん	月食 げっ しょく	月間 げっ かん			月々 つき づき
月光 酒名	月蝕	一個月 月刊		日期	每個月

年月日	日期		正月	三月		新月		歲月	陰曆五月、杜鵑
年月日 ねん がっ ぴ	月日 がっ ぴ		お正月 しょう がつ	三月 さん がつ		三日月 みか づき		年月 とし つき	五月 さ つき
がっ			がつ	八月 はち がつ		づき		つき	

特殊發音　**五月雨**（梅雨）
さみだれ

可參照學習書 P186

元

元老	有精神	元帥
元老 げん ろう	元気 げん き	元帥 げん すい
元首 げん しゅ	げん	元素 げん そ
元服 げん ぶく	元凶 げんきょう	元勲 げん くん

元首（左）／元素（右）

成年禮服飾　元凶　元勲

一元、統一	次元	恢復原狀
一元 いち げん	次元 じ げん	復元 ふく げん
	げん	還元 かんげん
紀元前 き げんぜん	中元 ちゅうげん	多元 た げん

還原（右）

西元前　中元節　多元

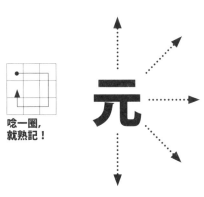

唸一圈,
就熟記！

本源、基礎	原本	基肥
元 もと	元々 もと もと	元肥 もと ごえ
	もと	元金 もと きん
元値 もと ね	元手 もと で	元結 もと ゆい

資本（右）

成本、本錢　本錢　髮髻

本來	本利	鼻祖
元来 がん らい	元利 がん り	元祖 がん そ
元年 がん ねん	がん	元旦 がん たん
元金 がん きん	元本 がん ぽん	元日 がん じつ

元年（左）／元旦（右）

本金、本錢　本金、財産　元旦

來歷、出身	當地、本地	手邊
身元 み もと	地元 じ もと	手元 て もと
家元 いえ もと	もと	襟元 えり もと
足元 さし もと	根元 ね もと	鼻元 はな もと

宗家的長輩（左）／衣領（右）

脚下、身邊　根源、根本　鼻梁

- **梅雨**明けして、一気に暑くなりました。
- **小雨**ですから、**雨傘**をさす必要ありません。
- **雷雨**のとき、**雨合羽**を着るほうが安全です。

雨	下雨
雨 あめ	雨降り あめ ふ
あめ	

大雨	
大雨 おおあめ	
あめ	

雨水	雨滴	雨量
雨水 う すい	雨滴 う てき	雨量 う りょう
	う	雨季 う き （雨季）
雨中 う ちゅう	雨下 う か	雨天 う てん
（雨中）	（下雨）	（雨天）

風雨	夜雨	雷雨
風雨 ふう う	夜雨 や う	雷雨 らい う
	う	降雨 こう う （降雨）
煙雨 えん う	豪雨 ごう う	
	（毛毛雨）	（豪雨）

唸一圈，就熟記！

雨

春雨	小雨
春雨 はる さめ	小雨 こ さめ
さめ	冰雨 ひ さめ（冰冷的雨水）
	霧雨 きり さめ
	（毛毛雨）

（雨衣）

雨滴	雨水	雨傘
雨垂 あま だれ	雨水 あま みず	雨傘 あま がさ
雨合羽 あまがっぱ	**あま**	雨靴 あま ぐつ （雨鞋）
雨宿り あま やど	雨戸 あま ど	雨音 あま おと
（避雨）	（擋雨板）	（雨聲）

特殊發音　時雨（秋末冬初的陣雨）・梅雨（梅雨）・五月雨（梅雨）

- 実は、彼の言動に**悪意**はありません。
- 先週のデートは**険悪**なムードになりました。
- 彼は**悪魔**のような**邪悪**な心を持っています。

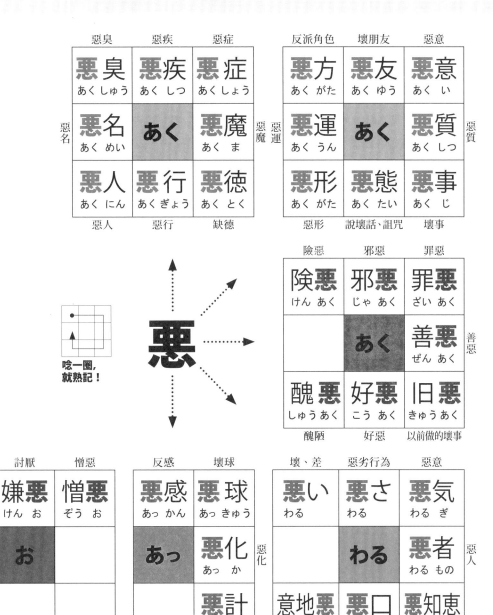

悪臭 あくしゅう ／ **悪疾** あくしつ ／ **悪症** あくしょう
悪名 あくめい ／ あく ／ **悪魔** あくま
悪人 あくにん ／ **悪行** あくぎょう ／ **悪徳** あくとく

惡臭　惡疾　惡症
惡名　惡魔　惡運
惡人　惡行　缺德

悪方 あくがた ／ **悪友** あくゆう ／ **悪意** あくい
悪運 あくうん ／ あく ／ **悪質** あくしつ
悪形 あくがた ／ **悪態** あくたい ／ **悪事** あくじ

反派角色　壞朋友　惡意
惡質
惡形　說壞話、詛咒　壞事

険悪 けんあく ／ **邪悪** じゃあく ／ **罪悪** ざいあく
あく ／ **善悪** ぜんあく
醜悪 しゅうあく ／ **好悪** こうあく ／ **旧悪** きゅうあく

險惡　邪惡　罪惡
善惡
醜陋　好惡　以前做的壞事

唸一圈，就熟記！

嫌悪 けんお ／ **憎悪** ぞうお
お

討厭　憎惡

悪感 あっかん ／ **悪球** あっきゅう
あっ ／ **悪化** あっか
悪計 あっけい

反感　壞球
惡化
不好的計策

悪い わるい ／ **悪さ** わるさ ／ **悪気** わるぎ
わる ／ **悪者** わるもの
意地悪 いじわる ／ **悪口** わるぐち ／ **悪知恵** わるぢえ

壞、差　惡劣行為　惡意
惡人
壞心眼　壞話　壞主意

檸檬樹出版社
Lemon Tree Publishing House

檸檬樹網站・日檢線上測驗平台 http://www.lemon-tree.com.tw

赤系列 17

日語多音字詞，這樣用就對了！（附 全彩九宮格多音字詞速記本）

2011 年 2 月 初版

作者	直木優名
日文例句撰寫	篠原翔吾
封面・版型設計	陳文德
執行主編	連詩吟
執行編輯	楊桂賢
校對協力	方靖淳

發行人	江媛珍
社長・總編輯	何聖心
出版者	檸檬樹國際書版有限公司 檸檬樹出版社
E-mail	lemontree@booknews.com.tw
地址	新北市 235 中和區中和路 400 巷 31 號 2 樓
電話・傳真	02-29271121・02-29272336
會計客服	方靖淳
法律顧問	第一國際法律事務所 余淑杏律師

全球總經銷・印務代理	知遠文化事業有限公司
博訊書網	http://www.booknews.com.tw
	電話：02-26648800　傳真：02-26648801
	地址：新北市 222 深坑區北深路三段 155 巷 25 號 5 樓

港澳地區經銷	和平圖書有限公司
	電話：852-28046687　傳真：850-28046409
	地址：香港柴灣嘉業街 12 號百樂門大廈 17 樓

定價	台幣 349 元／港幣 116 元
劃撥帳號・戶名	19726702・檸檬樹國際書版有限公司
	* 單次購書金額未達 300 元，請另付 40 元郵資
	* 信用卡・劃撥購書需 7-10 個工作天